모든 그리움이 모이는 곳

메모리얼 향수 가게

서랍의날씨

목
차

1. 사라지는 것이 아니라 다시 피어나는 ° 8

2. 사천칠백 원짜리 그리움 ° 38

3. 환상의 초코우유 ° 62

4. 거짓말 같지만 뭔가 낭만적인 ° 84

5. 잃어버린 8년의 그리움 ° 112

6. 괜찮아유. 행복했으니깨 ° 144

7. 진짜를 찾아라! ° 164

8. 삶과 죽음은 한끗 차이 ° 188

9. 원더플 조이플! ° 206

그리움

보고 싶어 애타는 마음

1.

사라지는 것이 아니라
다시 피어나는

엄마, 메모리얼 향수 가게로 날 만나러 와.

우주대로 10길 33

철중은 1등 당첨된 복권을 쥐듯 고이 손에 쥔 쪽지를 계속해서 읽었다. 꿈에 나온 아이가 줬는데 자고 일어나 보니 정말 손에 이 쪽지가 있었다며 아내가 새벽에 갑작스레 깨워 건네주었다.

영락없는 아이의 필체라는 걸 인정하면서도 철중은 믿을 수 없었다. 말도 안 되는 소리라며 고개를 가로저었다. 아무리 생각해도 이건 어처구니없는 일이었다. 할 수 없이 아내 때문에 여기까지 오긴 했지만 허무맹랑한 얘기에 잠깐이나마 기대를 품었던 자신이 못 견디게 싫어졌다.

작년 하늘로 떠난 딸을 가슴에 묻고부터 아내는 우울증에 빠졌다. 아무도 먹지 않는 약밥만 병적으로 만들고 싱어송라이터를 꿈꾸던 딸의 기타를 끌어안고 구슬프게 울었다. 자연스레 부부 사이 또한 급랭한 생선처럼 꽁꽁 얼어붙었다. 살아도 사는 게 아니었다. 철중이 위태롭게 서 있는 흔들다리를 아내 미옥은 자꾸만 흔들었다. 죽은 사람처럼 사는 것도 모자라서 며칠 전부터 무섭게 자꾸 이상한 소릴 해 댔다.

　죽은 딸애가 꿈에 나와서는 영혼의 향수를 만들어 주는 향수 가게가 있는데 거길 찾아가면 자기를 만날 수 있다고. 게다가 오늘 새벽에는 겨우 잠든 철중을 흔들어 깨워 다짜고짜 이 쪽지를 건네 주었다. 미친 사람처럼 눈을 번뜩이는 아내를 신경정신과로 데려가야 하나 고민을 하다가, 하도 완강하게 억지를 부리는 바람에 철중은 할 수 없이 길을 나선 거였다.

　미옥의 손에 이끌려 도착한 곳은 다름 아닌 돼지갈비 전문점이 있는 낯익은 골목이었다. 딸이 좋아했던 가족의 오랜 단골식당 골목. 그러면 그렇지, 대체 여기에 무슨 향수 가게가 있다고! 한참 맛이 간 생선을 씹은 것처럼 철중은 오만상을 찌푸렸다.

　"이제 그만 돌아가지. 여기 그런 가게가 있을 리 없잖아."

　"아니에요. 여기 맞아요. 우리 희주가 어디 허튼 소릴 할 애예요?"

　누가 봐도 다 쓰러져가는 낡은 단층 건물 앞에서 고집을 피우는 아내의 모습이 이젠 부담스럽고 진저리가 났다. 딸아이를 잃은 건 그도 마찬가지인데 마음이 완전히 무너진 아내 때문에 여태껏 슬픈 티는커녕 딸을 향한 애도조차 제대로 하지 못했다. 가장의 육중한 책임감의 갑옷을 벗어 던지고 철중도 홀가분해지고 싶었다.

"제발 그만 좀 해! 나도 지친다, 이제. 당신까지 이러면 내가 어떻게 사니?"

딸을 빼앗아간 하늘을 올려다보며 철중은 그동안 안간힘을 다해 붙들고 있던 뜨거운 눈물을 흘려보냈다. 눈물을 감추려 재빨리 얼굴을 가린 오른손이 서럽게 흔들렸다. 무슨 대단한 잘못을 저질렀기에 어린 딸을 보내야 했을까.

인생의 출발점에 서기도 전인 어린 딸을 죽음의 파도가 집어삼켜 버렸다.

딸을 그리워하면 할수록 철중의 심장은 새까맣게 타들어갔다. 아빠 노릇을 제대로 못한 후회가 그를 벼랑 끝으로 내몰았다. 딸이 지옥 속에서 울부짖고 있었음을 몰랐다는 사실이 그를 더 미치게 만들었다.

늘상 시무룩했던 아이가 왕따를 당했다는 걸 아이가 죽고 한참 후에야 알았다. 자물쇠가 잠긴 아이의 일기장을 부수기 전까지 철중은 아이를 죽음으로 몰고 간 발단이 끔찍한 고립이라는 것을 알지 못했다. 학교 가길 싫어하고, 이사 가면 안 되냐고 조르는 아이가 변덕스럽고 예민한 시기 때문에 그럴 거라 대수롭지 않게 넘겼다.

사실 가까이서 딸의 마음을 들여다 볼 여유가 없었다. 빡빡한 회사생활이 녹록치 않았다. 입사동기들이 하나둘 잘려나가고 업무는 더 늘어났다. 다음 차례가 되지 않으려면 영혼까지 탈탈 털어 일해야 했다. 아이를 돌아보지 않았다. 방구석에 틀어박혀 기타 줄이나 튕기는 아이가 그저 한심했다. 나중에야 알았다. 아이의 유일한 도피처가 음악이었음을…

아이는 음악 안에서 위로 받고, 겨우 숨쉴 수 있었음을 바보같이 간파하지 못했다.

딸의 꿈을 열렬히 응원했던 미옥과는 달리 철중은 딸의 뜬구름 같은 그 꿈이 싫었다. 한순간의 환희가 지나고 나면 김빠진 탄산처럼 개수대에 콸콸 버려질 거라 생각했다. 고생할 것이 뻔했다. 제 키만 한 기타를 어깨에 둘러메고 아까운 시간만 허비하고 다니는 그 꼴이 같잖았다. 하라는 공부는 안 하고 겉멋만 들었다고 생각했다.

엉망이 된 딸애의 싸늘한 주검 앞에 무릎을 꿇던 날 철중은 기타를 치느라 굳은살이 단단히 박힌 딸의 손가락을 보며 가슴을 내리쳤다. 왜 한 번도 물어보지 않았을까. 요즘 학교생활은 어떤지, 학교는 왜 가기 싫은지, 언제 가장 행복한지, 그랬다면 별거 아닌 일에도 깔깔 웃어야 할 곱고 여린 아이가, 높은 곳을 끔찍이도 싫어하던 겁 많은 아이가 까마득한 아파트 20층 아래로 몸을 던지는 일은 없었을지도 몰랐다. 조금만 귀를 기울였다면, 딸의 꿈을 응원했다면, 그랬더라면… 그랬더라면….

따스한 말 한마디 못해 준 것이 두고두고 후회되어 살 수가 없었다. 일주일에 다섯 번을, 하루의 반나절 가까이 철저히 소외된 채 참고 견뎌야 했을 고통의 시간들….

반 아이 모두가 징그러운 벌레처럼 혐오스러워하고, 더러운 똥처럼 자신을 피했다고 일기에 적혀 있었다. 아무도 곁에 오지 않고, 아무도 말을 걸지 않았다. 쉬는 시간이면 죽은 듯이 엎드려 있고, 점심시간에는 급식도 먹지 못하고 몰래 화장실에 숨어 작곡한 음악을 흥얼거리던 딸의 쓸쓸한 모습이 철중의 눈까풀에서 나풀거렸다. 잠을 잘 수도, 밥을 삼킬 수도 없었다. 물조차도 까슬거렸다.

딸을 향한 그리움이 유리 파편처럼 쏟아졌다. 사정없이 그를 찔렀다. 지난 1년간 묵힌 슬픔이 한꺼번에 터져 나왔다. 딸을 향한 그리움의 구름이 점점 비대해져 대기를 온통 뒤덮었다. 이상한 기분에 사로잡힌 건 그때부터였다. 아이가 건넸다던 쪽지의 활자들이 반짝이처럼 흩어지더니 느긋하던 바람의 온도가 달라지고 기묘한 공기가 감돌았다. 생경한 냄새가 코를 찔렀다.

철중과 미옥은 동시에 입을 벌렸다. 눈앞에서 기이한 일이 일어나고 있었다. 방금 전까지 분명 쓰러지기 일보직전이었던 우중충한 잿빛 건물이 저절로 환상적인 연보라색으로 변하고 있었다. 달콤 상큼한 포도향이 나는 연보랏빛 페인트가 뚝뚝 떨어졌다. 게다가 엔틱한 나무 간판이 멋스럽게 걸리더니 휘황하게 글자가 새겨졌다.

'메모리얼 향수 가게'

이상한 기류를 감지한 철중과 미옥의 눈이 밤톨만큼 커질 무렵.

덜컹-

그곳의 문이 열렸다.

"어서들 와요."

들어서자마자 들려오는 아늑한 목소리에 몸이 붕 뜨는 것만 같았다. 행여 날아갈 새라 철중과 미옥은 연애시절 그때처럼 두손을 꼭 맞잡았다.

인사를 건넨 이는 평범한 여자였다. 길에서 두세 번은 마주칠 만큼 흔하디흔한. 숱이 많은 단발머리가 완벽한 백발이라는 것과 인상이 벚꽃 만개한 봄날만큼 푸근하다는 걸 빼면 달리 특징이 없어 보였다. 다만 아주 예쁜 라벤더색 투피스를 입고 있는 여자의 선한 미소가 굉장히 특별했다. 자비가 빛을 발하는 여자의 미소는 부부의 고된 마음을 어루만지는 약손 같았다.

이끌리듯 보랏빛 소파에 앉아있는 여자에게로 부부는 다가 갔다. 알록달록한 털실로 뜨개질을 하고 있던 여자는 솜사탕 같은 실몽당이를 투명한 유리 테이블 위에 내려놓았다. 그러 고는 일어섰다.

"저⋯."

용기 내어 한 걸음 성큼 다가간 미옥은 쉽사리 입을 열지 못하고 애먼 목걸이 메달을 매만졌다. 초조할 때면 나오는 아 내의 버릇을 본 철중 또한 쉽게 말문을 트지 못했다. 하얗게 되도록 빈주먹을 불끈 쥐었다.

"따님 향수 만들러 오셨죠?"

백발 여자가 말했다. 캄캄한 어둠 속을 헤매던 철중의 눈앞 에 플래시가 켜진 듯 했다. 헛소리 같던 아내의 말이 참말이 었다니! 철중은 저만큼 놀란 아내와 눈이 마주쳤다.

"네! 맞아요."

서둘러 대답한 미옥은 백발 앞에 모범학생처럼 반듯하게 섰다.

"실은 꿈에서 죽은 딸애를 만났는데, 우리 애가 다짜고짜 여기로 가라면서 주소를 알려줬어요. 여길 오면 자길 추억하 는 향수도 만들고 또 만날 수 있다고."

흥분에 들뜬 미옥은 철중의 손을 더 야무지게 쥐었다. 철중

또한 초조한 마음을 감추며 아내의 손을 꼭 붙들었다. 냉랭한 시베리아기단이 몰아쳤던 그들에게 온난한 봄바람이 내려앉고 있었다.

"네. 두 분 잘 오셨어요. 우선 좀 앉으시죠. 저는 향수 가게 매니저 진두리라고 합니다."

정중히 인사하던 진두리는 보기만 해도 드러눕고 싶은 널찍한 소파를 가리켰다. 엉거주춤 앉으면서 그들은 진두리에게서 눈을 떼지 못했다. 듣고 싶은 얘기가 나오기만을 손꼽아 기다리며 폭신한 소파에 엉덩이만 겨우 걸치고 앉았다.

"따님 말대로 고인을 추억할 수 있는 향수를 만들어 드려요. 짐작하시겠지만 여긴 보통 향수 가게와는 달라요. 우리 향수는 고인과의 관계가 특별했던 사람만 맡을 수 있죠. 따님과의 추억이 없는 이에겐 아무런 향도 나지 않을 거예요."

"세상에. 정말 그런 향수가 있나요?"

듣고 싶던 답을 들은 미옥은 벌렁거리는 심장을 꽉 움켜쥐었다. 덩달아 철중의 심장 또한 요란하게 쿵쾅거렸다.

"네. 아주 특별한, 세상에 하나뿐인 향숩니다."

"우리가 뭘 하면 됩니까?"

마음이 다급해진 철중은 머리카락이라도 뽑아 받칠 기세로 상체를 기울였다. 탁한 잿빛이던 그의 두 뺨에 발그레한 생기가 돌았다.

"생각보다 심플합니다. 따님이 생전에 쓰던 물건이 필요해요. 그리고 따님을 향한 짙은 그리움도요."

"희주 물건이라면 지금도 가지고 있어요. 여기."

말이 끝나기가 무섭게 철중은 카키색 바바리코트 안쪽 주머니에서 핑크색 기타카포를 꺼내놓았다. 낡고 조그만 그것에 철중의 두터운 그리움이 랩처럼 둘러져 있었다.

"희주가 쓰던 기타카포인데… 차마 버릴 수가 없어서 제가 갖고 다닙니다."

딸의 머리를 쓰다듬듯 카포를 어루만지는 철중의 손위로 떨리는 미옥의 손이 살포시 포개졌다. 그들의 머리 위로 너울진 그리움이 뭉게뭉게 피어올랐다. 붓꽃의 짙은 보라와 라벤더가 적절히 섞인 딸을 향한 그리움의 무게는 향수 디자인에 필요한 그리움의 평균을 훌쩍 넘어섰다. 가게 왼쪽 벽면에 달린 대형 온도계를 닮은 저울이 정신없이 반짝이더니 보라색 짙은 선을 그리며 수직 상승했다.

"지금 가능하겠는데요. 이플아."

에메랄드색 커튼이 쳐져 있는 문 쪽으로 시선을 고정한 진두리는 좀 전보다 볼륨을 높였다. 아무런 기척이 없자 두리는 아랫입술을 질끈 깨물며 매끈한 미간을 어지러이 구겼다.

"조이플!"

누가 있기는 한가. 묵묵부답인 커튼을 향해 진두리는 전투적으로 걸었다. 박력 있는 걸음걸음마다 꽃분홍 슬리퍼에 달린 우아한 깃털이 마치 두리의 꼬리처럼 팔랑거렸다. 두리의 손이 여리여리한 에메랄드색 커튼을 우악스럽게 젖히고 문이 열리자 변성기를 맞이한 소년의 목소리가 안에서 새어나왔다.

"봉신아, 지금 뭐하냐고! 게임을 발로 하나!"

영혼까지 싹싹 그러모아 한창 전투중인 조이플은 두리가 들어온 줄도 모르고 모니터 속 전우에게 비아냥거렸다.

"내 이럴 줄 알았어. 그놈의 게임은 근무 중엔 하지 말라고 했지! 얼른 나와!"

두리는 이플의 헤드폰을 신경질적으로 벗겼다. 진두리가 모니터까지 가로막고 서는 바람에 조이플의 눈앞이 가로등 꺼진 밤길처럼 깜깜해졌다. 망했다.

"아아악! 지금 전투중이라고!!"

"이 노무 시키! 노트북 불태워 버리기 전에 얼른 안 나와!"

"아, 왜! 이런 중요한 순간에!"

마지못해 일어선 이플은 두리의 손에서 분신 같은 헤드폰을 빼앗아 목에 걸었다. 억울해 죽겠다는 표정으로 발딱 일어섰다. 왜 하필 이런 중요한 순간에 꼭 고객은 찾아오는지 타이밍 한번 기막히게 때려 맞춘다.

감정을 치고받는 조이플과 진두리는 여느 집안의 평범한

모자처럼 보였다. 하지만 둘의 외모는 판이하게 달랐다. 진두리의 실루엣이 동글동글하다면 조이플의 실루엣은 길쭉길쭉했다. 그리고 조이플에겐 빛나는 뭔가가 있었다. 피부가 설원처럼 새하얗고 조각미남은 아니었지만 사람의 이목을 끄는 독특한 분위기가 눈을 뗄 수 없게 만들었다.

삐쩍 마른 팔다리를 휘적거리며 조이플이 건너편 소파에 털썩 앉았을 때, 미소년 같은 앳된 그에게서 진동하던 신비로운 향 때문에 철중과 미옥은 마른침을 꿀꺽 삼켰다. 눈을 살짝 가리는 진갈색 머리카락 사이로 보이는 눈은 1급수보다 맑았으며 흰자위는 티끌 하나 없이 새하얬다. 천사가 내려온다면 저런 모습이 아닐까, 둘은 순간 생각했다.

가뜩이나 생긴 것도 부담스러운데 조이플은 팔짱을 끼고 앉아서는 뚫어져라 둘의 눈을 번갈아가며 쳐다보았다. 저 눈이 끔뻑하면 엑스레이촬영처럼 속 안이 훤히 찍힐 것 같아서 철중과 미옥은 의식적으로 겉옷을 단단히 여몄다.

딸의 카포를 손에 쥔 조이플이 담백하게 말했다.

"17세. 윤희주. 투신자살. 벌써 열두 달 전이네. 사계절을 다 보내고도 아직도 붙들고 있으면 곤란한데."

"네?!"

"그걸 어떻게!"

조이플의 입에서 쏟아진 정확한 정보에 철중과 미옥은 그가 보통사람이 아닐 거라 확신했다. 이플을 향한 절대적인 신뢰가 진두리의 택배상자처럼 층층이 쌓였다.

수많은 질문 세례를 퍼부으려던 찰나, 신통한 조이플의 등 뒤로 대형 스크린이 내려왔다. 앞 포켓 주머니에 걸쳐 둔 하얀 뿔테안경을 낀 조이플은 안락한 소파 뒤로 심드렁하게 등을 기대앉았고, 진두리는 불을 껐다.

"지금부터 내가 보는 걸 두 분도 보게 돼요. 쟤가 내 뇌파와 연결된 모니터거든요."

가슴 뛰는 말을 던진 조이플은 지그시 눈을 감았다.

대형 스크린에선 함박눈이 내렸다. 눈발은 점점 거세게 휘날리다 사라지고 셀 수 없이 많은 물방울이 둥둥 떠다니는 화면으로 바뀌었다. 그러다 검은 터널 속으로 들어갔는데 그곳에 일곱 빛깔 무지개색 거미줄이 어지러이 쳐져 있었다. 확실히 이 세상의 느낌은 아니었다. 계속해서 기묘한 동굴이 끝없이 이어졌는데 뭐라 말할 수 없는 비밀을 감추고 있는 듯했다.

숨 막히는 어둠의 터널을 벗어나자 따스한 빛이 반짝였다. 어느 오후 따사로운 햇살아래 있는 희주를 바라보느라 눈살을 찌푸렸던 기억이 화들짝 고갤 들었다. 눈부신 딸의 생전 모습에 부부는 아련한 감정에 휩싸였다. 둘의 심장이 몽글거리던 그때, 빛의 입자들이 군집한 발광의 끝에 한 사람의 뒷

모습이 보였다.

둘의 심장이 빠개질 것처럼 두근거리고 기분 좋게 나른한 바람이 둘의 몸을 감싸 안았다. 기시감이 느껴지는 너무도 익숙한 실루엣에 철중과 미옥은 손을 마주 잡고 눈시울을 붉혔다. 어깨를 닿을락말락하는 검은 생머리의 주인은 멈춰 선 다음 뒤돌았다. 희주다. 1년 전 허무하게 떠나보낸 딸. 눈에 넣어도 아프지 않을 그들의 아이.

"윤희주 영혼?"

"어? 혹시, 조이플?"

딸의 목소리가 틀림없었다. 바로 옆에서 들리는 생생한 목소리에 철종과 미옥은 입을 틀어막았다.

"옙."

"야, 완전 반가워! 내 또래가 그 유명한 메모리얼 향수 가게 조향사라니. 야, 걔 쩐다. 멋져!"

이플과 딸애는 자연스레 대화를 주고받았다. 살아있을 때보다 더 팔팔하고 엄청 신나 보였다. 지금이 더 잘 지내는 것 같아서 한시름 놓았다. 죽은 아이라고는 믿기지 않는 발랄함에 미옥은 저도 모르게 손을 뻗었지만 경계 너머의 있는 딸에게 닿을 리 만무했다.

"희주야….'

딸의 이름을 애틋하게 부르던 미옥은 철중의 품에 안겨 흐느끼다가 행여 딸의 모습을 놓칠세라 다시 화면으로 시선을 못 박았다.

"누난 뭔 미련이 남아서 날 찾은 거야? 보니까 뛰어내렸더만."

시니컬한 이플의 말투에 희주의 광대가 못마땅한 듯 씰룩거렸다.

"야, 그럼 부모님이 나 때문에 사니 못 사니 하는데 너 같으면 혼자 잘 먹고 잘 살겠다고 천국에 갈 수 있겠냐?"

당연한 걸 왜 묻는 것인지 이플은 이럴 때마다 매번 아리송했다.

"당연한 거 아냐?"

"난 안 당연하거든."

"근데 어쩌다 따를 당한 거야?"

이플은 희주의 카포에서 읽은 희주의 학교생활에 화가 치밀었다. 동병상련이라고 세상으로부터 따돌림을 받은 이플에게도 가슴에 피멍 든 시절이 있었다.

"아, 처음부터 그런 건 아니고, 우리 반 일진의 남친이 관심보인 애가 있었거든. 이혜지라고. 질투가 났겠지. 지보다 예쁘고 공부도 잘하니까. 근데 너무 심하게 따를 시키니까 내가 혜지 편을 좀 들었거든. 그러니 그러대. 그래도 혜지가 있을 때는 둘이 다니면 되니까 견딜 만 했는데, 혜지는 아니었나봐. 혜지가 지방으로 전학 가고 나서는 와, 나 완전 발렸잖아. 정말 힘들더라…. 걔네들 싹 다 죽여 버리고 싶었는데 그럴 수 없으니까 내가 뛰어내렸어. 엄마 아빠 생각은 못하고 내 생각만 했지….”

“누나, 걔네들 내가 혼내줘?”

“야, 됐어, 이제 다 지난일이야. 처음에는 죽고 나서 얼마나 잘살고 있나 젤 심했던 애들한테 몇 번 찾아갔는데, 그렇게 센 척 하더니만 나 보고는 완전 쫄아가지고 벌벌 떨면서 오줌까지 지리더라. 사람은 안 무섭고 귀신은 무서운가 봐. 야, 웃기지 않냐? 우리 영혼들은 아무 해를 끼치지 않는데 정작 못된 짓하는 건 산사람이잖아. 근데 왜 우릴 만나면 기겁하는지 웃긴다니까. 지들이 한 짓이 진짜 무서운 짓이라는 것도 모르고 말이야. 내가 죽고 보니까 정말 잘 살아야 하더라고. 그래야 이렇게 메모리얼 향수 가게도 올 수 있고 말이야.”

“뭐임, 누나, 개 멋있는데?”

“쩔지? 그럼 빨리 울 엄마 아빠 만나게 해줘.”

“만나면 뭘 할 건데?”

제 또래 영혼이 부모와 재회할 때면 이플은 심통이 나기도 했지만 솔직히 궁금한 맘이 더 컸다. 부모자식들은 도대체 뭘 그렇게 대단한 걸 하는지.

"음, 에고, 이건 좀 쪽팔리는데 노래를 들려 드리고 싶어. 엄마 아빠 앞에서는 한 번도 부른 적 없거든. 아빠가 너무 싫어했으니까…. 근데 지금 못하면 영원히 끝이니까 하려고."

살짝 풀이 죽은 희주의 목소리에 철중의 고개가 젖은 빨래처럼 축 늘어졌다.

"근데 이해도 돼. 내가 죽고 보니까 알겠더라고. 다 나 잘되라고 그랬다는 거. 난 아빠가 매일 야단치니까 날 사랑하지 않는 줄 알았는데, 나 죽고 아빠가 너무 슬퍼하더라. 아빠는 내가 힘들어질까 봐, 상처받을까 봐 두려웠던 거야, 아빠가 그랬던 것처럼."

철중은 자신의 원년 꿈을 알고 있는 딸의 목소리에 끔찍 놀라 고개를 들었다. 가수가 되겠다고 꿈을 꾸었던 젊은 시절 반복되는 실패 뒤에 늘 쓰리콤보로 따라붙던 배고픔과 비참함을 견디지 못하고 포기해야 했던 자신의 과오를 딸이 되풀이하는 것이 싫었다. 허비한 시간이 아까웠기에 딸은 그러지 않길 바랐던 것이다.

"그리고… 엄마가 계속해서 약밥을 만들어. 내가 죽기 전에 엄마가 곧잘 만들어 주던 약밥을 먹고 싶다고 했거든. 하, 괜히 말했나봐… 이젠 나도 없는데 자꾸만 만들어. 엄만 그걸 만들 때마다 울어… 미안하다면서 너무 많이 울어…."

힘겹게 눈물을 뿌리치던 희주는 묵은 슬픔을 꿀꺽 삼켰다.

메모리얼 향수 가게

"있잖아, 내가 이미 많이 먹었다고 꼭 전해 줄래? 이제 약밥 지겨우니까 그만 만들라고…."

눈이 빨갛게 충혈된 희주의 모습을 보면서 미옥은 숨을 가쁘게 내쉬었다. 가슴을 쥐어뜯듯 움켜잡으며 성대가 찢어질 듯 오열했다.

희주가 죽기 전날, 갑자기 약밥이 먹고 싶다며 조르던 아이의 목소리를 미옥은 대수롭지 않게 뭉개 버렸다. 만사가 귀찮았다. 평소 같았으면 만들어 주고도 남았을 텐데 그날은 몸이 찌뿌둥하고 머리도 찌근거려 그냥 자고 싶었다. '다음에 해 줄게.' 하지만 다음은 없었다.

다음날 아침 학교 가겠다고 나간 희주는 동네 아파트 옥상으로 올라갔다. 그 동만 옥상 문이 열려 있다고 일기장에 적혀 있었다. 죽음을 치밀하게 준비한 것이다.

삐쩍 말라가던 아이가 먹고 싶다던 약밥을 왜 만들어 주지 않았을까. 왜 그랬을까. 여태껏 그런 적 없다가 왜 하필 그날 그랬을까. 따돌림으로 급식을 못 먹는 아이가 점심시간 화장실에 숨어 약밥을 먹을 계획이었다는 일기를 읽은 뒤 미옥은 숨이 막혀 의식을 잃었다. 응급실에서 깨어나 집으로 돌아온 그날부로 약밥을 만들었다. 그것을 희주가 알고 있다 생각하니 오열하지 않을 수 없었다.

미안함에 아내의 얼굴을 볼 면목이 없던 철중은 정신 나간 사람처럼 일 년을 매일같이 약밥만 만들던 아내의 모습을 떠올렸다. 그런 내막도 모른 채 아내를 미워하고 힘들어하고 힐난했다. 한탄의 눈물을 삼킨 철중은 아내의 손을 뜨겁게 잡았다.

그들이 뿜어 낸 양질의 그리움이 실내를 한가득 메웠다. 때는 지금이다. 두리는 이플에게 신호를 보냈다.

이플은 질투가 묻은 감정을 꽁꽁 숨긴 채, 그들을 딸에게로 데려가 줄 새하얀 손을 내밀었다.

충혈된 눈을 끔뻑거리던 부부는 머뭇거리다 이플의 손을 잡았다. 손이 닿자마자 전기가 흐르는 것처럼 찌릿찌릿함에 깜짝 놀라다가 이내 평온해졌다. 곧바로 찾아든 평안함이 그들의 날선 슬픔을 한층 누그러뜨렸기 때문이다.

"눈 감아요."

이플이 말하자 둘은 군말 없이 눈을 감았다.

휘익-

돌연 부드럽지만 강력한 바람이 불었다. 그들의 머리카락이 한차례 휘날리다 제자리를 찾았다. 어두운 곳에 있다가 갑자기 밝은 빛을 본 것처럼 엄청난 빛이 부부의 눈앞에 펼쳐졌다. 요리 보면 수천 개의 반딧불처럼 보이고 또 저리 보면 우주의 별처럼 보이는 불빛들이 멀미 날 만큼 반짝였다.

어마어마한 빛의 향연 뒤로는 보라색과 푸른색의 오로라가 거대한 강물처럼 흘렀다. 기묘한 느낌이 전신을 휘감았다. 부부는 한눈에 알 수 있었다. 이곳이 바로 희주가 있는 하늘나라의 일부라는 것을.

그들이 영혼과 교감할 준비가 된 상태임을 확인한 이플은 부부를 딸에게로 데려다 주었다. 마치 순간이동을 한 것처럼 익숙한 곳에 있었다. 희주의 체취가 고스란히 머물러 있는 그들의 집. 공기의 밀도가 조금 낯설고 주위가 지나치게 따뜻하고 밝다는 것 외에는 다른 특이점이 없었다.

희주는 소파에 앉아 오물조물 약밥을 먹으며 기타를 조율하고 있었다. 이 세상 사람이 아니라고 믿기 어려울 만큼 혈색도 발그레하고 생기가 넘쳤다. 평소 즐겨 입던 빈티지 회색 티셔츠와 네이비블루 반바지를 입었고 질끈 묶은 양 모양 머리끈도 똑같았다.

"엄마표 약밥은 언제 먹어도 맛있어."

"내 딸… 엄마가 너무 늦게 해줘서 미안해… 천천히 많이 먹어…."

눈에 넣어도 아프지 않을 딸을 미옥은 눈과 가슴에 차곡차곡 담았다. 죽도록 그리웠던 아이의 등도 쓸고 머리도 쓸었다. 두근두근 뛰는 아이의 맥박도 느끼면서 미옥은 심장에 뿌리박은 커다란 가시를 녹이고 있었다.

철중은 바짝 타들어 가는 심장을 꽉 움켜쥐었다. 자신을 꼭 닮은 앳된 저 얼굴을 한 번만 더 볼 수 있다면 기꺼이 영혼이라도 팔 수 있을 것 같았다. 죽어서야 만날 수 있을 것 같던 아이가 지금 눈앞에서 숨 쉬고 있다는 것이 믿기지 않았다. 자칫 잘못하여 신기루처럼 사라질까 봐 조마조마하게 바라만 보던 철중은 가슴으로 수천 번은 불렀던 딸의 이름을 소리 내어 불러보았다.

"희주야."

"응, 아빠?"

"춥진 않고?"

"엉, 안 추워. 거기 완전 좋아. 진짜야."

"그렇구나. 다행이다, 우리 희주 좋은 곳에 있어서. 희주야 … 많이 힘들었지?"

"…응, 힘들었어, 좀 많이… 근데 지금은 괜찮아."

"희주야, 아빠가 전부 다 미안해. 널 그 지옥 속에 내버려 둔 것도, 겁이 많은 네가… 그 높은 데서 뛰어내리게 내버려 둔 것도… 네 꿈을 응원하지 못한 것도 아빠가 다 미안해. 아빠가… 아, 아빠가… 흑… 아빠가 잘못했다. 네가 왜 음악에 그렇게 빠진 건지 알지도 못하면서 매일같이 비난하고 야단치고… 아빠가 미안해. 아빠는 우리 딸이 편하게 살길 원했다. 아빠처럼 실패할까 봐 그랬는데 아빠가 잘못 생각했었다. 아빠가 너무 많이 미안하다, 딸…."

메모리얼 향수 가게

악착같이 철중의 숨통을 조이던 그 말을 이제야 내뱉었다. 그제야 비틀어진 오장육부가 펴지는 것 같았다. 제대로 숨이 쉬어졌다. 아빠의 눈물을 처음 본 희주는 아빠의 품에 안겨 펑펑 울었다.

"아냐, 아빠, 내가 미안해. 그렇게 뛰어내리면 안 되는 거였는데. 그땐 너무 괴로워서 엄마 아빠 생각은 못했어. 인사도 없이 먼저 가서 정말 미안해… 내가 잘못했어. 용서해 줘."

후들거리는 손을 뻗은 미옥은 철중과 함께 다시 만난 딸을 꼭 껴안았다. 부질없는 후회와 진심어린 용서의 감정들이 낱낱이 흩어지고 있었다.

남겨진 부모를 위해 희주는 기타를 들었다.

"시작할게. 흠, 흠."

수줍게 히죽 웃다가 이내 안정된 희주는 꽤 그럴싸하게 기타 줄을 튕기며 노래를 시작했다.

작은 손가락으로 기타 줄을 누르고 튕길 때마다 생각지도 못한 아름다운 선율이 흘러 나왔다. 형편없이 내팽개쳤던 음악을 향한 열정이 철중의 단전 아래에서 햇빛 쨍한 봄날의 아지랑이처럼 꿈틀거렸다. 기타를 들고 노래하는 딸의 모습은 무척이나 행복해 보였다. 저런 근사한 표정으로 기뻐하는 딸의 모습을 철중은 처음 목도했다.

사라져가는 나를 위해 슬퍼하지 말아요. 나는 사라지는 것이 아니라 다시 피어나는 거니까요. 기억 속에서 추억 속에서 다시 피어나는 날 응원해줘요. 그동안 고생했다, 잘 살았다. 아름다운 삶이었다고. 날 가장 사랑했던 당신이 날 보내줘요. 그래야 내가 다시 피어날 수 있어요…

속삭이듯이 흐르는 딸의 노랫소리가 철중과 미옥의 가슴에 잔잔한 파문을 일으켰다. 그들의 영혼을 짜랑짜랑 울렸다.

진심을 담아 영혼이 노래하고 있었다. 자신을 그만 보내달라고. 남겨진 부모가 제대로 살 수 있도록 마음을 다해 노래했다.

이플은 희주의 주위에 흩날리는 둥근 입자에 집중했다. 그것은 희주의 모든 기억 속에 남겨진 냄새분자였다. 향수 조향에 쓰일 퍼퓸스톤들.

하나 둘 생겨난 형형색색의 퍼퓸스톤은 점점 그 수가 기하급수적으로 늘어나 마치 희주의 날개처럼 돋아났다. 때맞춰 이플이 클린모드로 돌입하자 부부에게 거머리처럼 들러붙었던 악질 그리움들이 연기처럼 흩어지고 있었다.

이플은 그 순간을 놓치지 않았다. 오직 영혼과 고객을 위한 그 찰나의 관념에 몰두하며 자기장이 흐르는 손바닥을 내

메모리얼 향수 가게

밀었다. 철중과 미옥 그리고 희주의 가슴 속에 차곡차곡 쌓인 17년의 모든 기억들이 품고 있는 수만 가지 향들이 그들의 주변으로 흩날렸다.

아름다웠던 영광의 냄새들. 철중과 미옥의 기억 속 가장 진하게 박힌 희주가 태어나던 날의 병실 냄새, 짧고 포동포동한 손가락 사이에서 꼬질꼬질하게 풍기던 침냄새, 희주의 첫 응가 냄새, 희주가 첫걸음을 뗀 그날의 후덥지근한 바람 냄새, 세 살난 희주의 정수리 냄새, 아빠를 처음 발음했던 그 찰나의 환희의 냄새… 태권도복을 입은 일곱 살 희주의 시큼한 땀냄새, 첫 캠핑에서 온 얼굴이 시커멓게 되도록 구워 먹었던 군고구마의 달콤한 냄새, 희주가 어버이날 직접 끓여 준 불어터진 라면의 국물냄새, 열두 살 희주와 함께 심었던 레몬나무의 상큼하고 프레쉬한 냄새, 희주를 보며 숱하게 꿈꾸었던 벅차오르는 푸른 희망의 향들…

추억과 기억을 공유하던 그들은 곧 작별의 시간이 다가옴을 알았다. 서로가 서로에게 마지막 말을 건넸다.

"사랑한다, 우리딸. 넌 아빠에게 최고의 선물이었어."

"사랑해, 희주야. 엄마 딸로 태어나 줘서 고마워."

"나도 엄마, 아빠의 딸이어서 행복했어. 사랑하고 또 사랑해. 안녕."

열일곱 희주의 삶이 압축된 그 모든 향들이 이플의 오감을 깨웠다.

열일곱 희주의 향은 작열하는 태양 빛을 듬뿍 먹고 자란 오렌지의 싱그러움을 닮았다. 그들의 기억 속에 공통으로 남아 있는 향들과 부부가 기억하는 희주의 향들 중 조향에 필요한 향들만 이플은 끌어당겼다. 어리고도 매력적인 희주의 향들이 깃털처럼 가볍게 이플의 손바닥 위로 내려앉았다.

어느 때보다도 향이 짙고 색이 아름다울 거라는 걸 이플은 알 수 있었다. 어린 영혼일수록 고객의 그리움이 강한 탓에 향수의 향이 강하다. 신력 또한 강하다. 그 때문에 가끔 향수를 훔치는 헌터들에게 어린 영혼의 향수는 한때 가장 비싼 향수로 거래되기도 했었다.

조향 디자인을 마친 이플은 고객들의 환상을 거두고 잡았던 손을 놓았다.

이플은 조향대로 이동해 윤회주 영혼의 향수 제조에 돌입했다.

탑노트 첫인상처럼 기억될 향으로 희주 본연의 체취와 탄생부터 생후 3년의 삶 속에서 가져온 향들. 부드럽고 달짝지근한 솜사탕을 먹으며 천진난만하게 구름 위를 걷는 것처럼 달콤 행복했던 순간들의 향.

소울 노트 희주의 유년 시설 기억에서 가져온 버라이어티한 퍼퓸 스톤들과 그 향들을 유기적으로 연결해 줄 천사의 진한 땀 두 방울, 거기다 지극한 평안을 무한하게 덧입혔다. 희주의 열두 살 생일날 떠난 해외여행지에서 잃어버린 희주를 찾았던 곳의 향을 떠올리게 조향했다. 싱그럽고 탐스런 오렌지가 주렁주렁 매달린 커다란 오렌지 나무 아래 쪼그리고 앉아있던 희주를 발견하고는 세상이 달리 보이던 그날, 감사하며 뜨겁게 서로를 부둥켜안았던 그 감정을 불러일으킬 향.

라스트노트 희주의 사망 직전과 가장 가까운 날들의 퍼퓸스톤들을 가져와 마치 어제 일 같은 깊은 여운을 남기도록 조향했다. 그리고 추가로 고객의 심장을 데워 줄 몰약 + 화창한 봄날 오후 2시의 햇살 한 조각을 더했다.

이플은 완성된 윤희주의 향수를 두리에게 건넨 다음 민트색 커튼 뒤로 유유히 사라졌다.

오렌지 빛 원석 같은 향수를 육각형 크리스털 병에 담은 두리는 딸의 향수를 눈 빠지게 기다리는 철중과 미옥에게로 서둘러 다가갔다.

"따님 향숩니다. 한번 맡아 보시겠어요?"

영혼의 향수는 영혼의 성향과 추억에 따라 색이 매번 다른

데 희주의 향수는 짐작대로 햇빛을 듬뿍 받고 자란 싱그러운 오렌지 빛깔이었다.

고인의 모든 삶을 낱낱이 스캔한 이플이 남겨진 이들에게 가장 필요한 기억 속 향들의 분자를 겹겹이 쌓아, 그들이 남은 생을 잘 살아갈 수 있도록 조향하는 것이 영혼의 향수에 핵심이었다.

향수의 유효기간은 고인을 기억하는 날까지이며 만일 고객이 고인을 기억하지 않으면 그것은 그저 돌덩이에 지나지 않는다. 추억이 소멸된 향은 색도 향도 없는 그저 흔한 검은 돌로 변해 버린다. 흔해빠진 자갈이나 돌멩이 따위가 된다.

떨리는 손으로 향수를 받은 미옥은 조심스레 뚜껑을 열었다. 다신 못 맡을 줄 알았던 딸애의 체취와 함께 딸과의 추억들이 주마등처럼 스쳤지만 신기하게도 전처럼 심장이 쪼개지는 고통은 없었다. 치유된 것이다.

"희주는 지금 천국의 골목길에 머물고 있어요. 그 골목만 벗어나면 천국에 들어갈 수 있는데, 두분이 희주를 놓아 주지 않으니까 천국에 못 들어가고 골목길에서 사는 거예요."

"그럼 우리 희주, 우리가 놓아 주면 천국에 갈 수 있나요?"

"네. 이곳과는 비교도 안 되게 안락하고 행복한 곳이죠. 그곳으로 보내 주세요. 이곳에 온 것도 희주가 천국의 문턱까지 갈 수 있던 것도 우연이 아닙니다. 두 분이 잘살아오셨나 봅니다. 물론 희주도 그렇고요."

두리는 부부의 데이터를 훑어 보았다. 부부는 20년 넘게 독거노인 도시락배달 봉사를 하고 있으며, 젊은 시절부터 함께 실천한 숱한 헌혈과 철중의 골수 기증 이력 그리고 남모르게 행한 선행 480여 회. 그 수는 한 달에 한 번 40년 동안 선행을 베풀었다 가정했을 때의 횟수였다. 또한 따돌림 당하는 친구의 손을 잡아 준 희주의 이력에 홀로그램 별표가 붙어 있었다.

그리움만으로는 메모리얼 향수 가게로 올 수 없었다. 모든 조건이 충족되어야지만 찾아올 수 있는 곳이 바로 이곳이다. 선발기준이 꽤나 까다로워 영혼들 사이에서는 살아생전 선하게 살지 못한 것을 두고두고 후회하는 일이 허다했다.

"오늘 이곳에서 많은 위로를 받았습니다. 딸에게 하지 못했던 말도 했고… 또 우리 애가 좋은 곳에 있다는 것도 알게 되었으니 이젠 맘 편히 희주를 보낼 수 있을 것 같네요."

너무 많이 울어 철중의 목소리는 깊게 잠겨 있었지만 안도와 기쁨이 묻어있었다.

"희주가 천국에 들어갈 수 있도록 이제 맘 아파하지 않을게요. 더 열심히 감사하며 살겠습니다. 정말 고맙습니다."

미옥은 희주의 향수를 소중히 안으며 고개를 깊숙이 숙였다. 미옥과 함께 감사의 인사를 전한 철중이 조심스레 물었다.

"저… 향수 값으로 얼마를 드리면 되나요?"

철중은 전 재산을 내줄 각오로 답을 기다렸다. 빙긋 웃던 두리는 라벤더향이 나는 보라색 종이를 슬기롭게 내밀었다.

"돈은 받지 않습니다. 대신 이 아이를 찾아가 주세요."

철중은 한 아이의 인적사항이 적힌 향긋한 종이를 유심히 쳐다보았다. 미옥은 그 이름을 읊조렸다. '김동규' 그러자 아이의 이름이 생명을 얻은 것처럼 금빛으로 한 자 한 자 빛나다 잠잠해졌다.

앞으로 찾아올 아이와 이 부부의 새로운 인연을 기대하며 두리는 다음 손님을 기다렸다.

2.

사천칠백 원짜리
그리움

동규는 천 원짜리 지폐 두 장과 오백 원짜리 동전 세 개 그리고 백 원짜리 동전 열두 개를 비닐봉지 안에 소중히 집어넣었다. 방금 전 돼지저금통 배를 가르고 가져온 동규의 전 재산이었다. 할머니를 되찾기 위해선 이깟 저금통 배쯤은 백 번도 가를 수 있었다. 이 세상 무엇과도 바꿀 수 없는 할머니를 되찾을 수만 있다면 진짜 힘겹게 모은 포켓몬 띠부씰까지도 모조리 내놓을 수 있다고, 동규는 작은 주먹을 불끈 쥐고 달렸다.

　어제 꿈에서 할머니가 알려 준 가게는 할머니와 자주 가던 김밥집 뒷골목에 있다고 했다. 언제부터 그 골목에 신통방통 신기한 향수 가게가 있었는지는 몰라도 어린 동규의 동심은 무조건 믿었다. 학교 친구들이 산타도 가짜고 마술도 가짜라며 동규를 등신 취급해도 동규는 믿었다. 마음도 순수했지만 믿어야만 선물을 받고 믿어야만 꿈을 꿀 수 있었다.

열심히 살다 보면 기적 같은 일이 심심찮게 일어난다고 할머니는 청포도맛 사탕을 입에 넣어주듯 달콤하게 말했었다. 그런 할머니가 꿈에 나와 콕 집어 준 향수 가게이기에 더 믿음이 갔다. 동규는 소풍 가기 전날보다 심장이 더 뛰었다. 비밀스럽고 특별한 그 향수 가게에서 하늘로 떠난 할머니를 돌려주리라 기대했다. 그럴수록 동규의 닳고 닳은 운동화는 더 바지런히 달렸다.

"우와!"

할머니가 일러 준 대로 김밥집 뒷골목에 달콤한 솜사탕 냄새가 코를 찌르는 신비한 가게가 존재했다. 역시 할머니는 허튼 소릴 하는 법이 없다니까. 주먹만큼 쩍 벌어진 입을 다물 수 없던 동규는 애니메이션에서나 보던 멋들어진 건물에 한눈에 반해 버렸다.

여덟 살 인생에 이런 색을 본 적이 없었다. 보라색 페인트가 뚝뚝 떨어질 것처럼 생생하면서도 한 가지 보라가 아닌 서너 개의 보라를 섞어 놓은 듯 신비로웠다. 냄새도 끝내주게 좋았다. 어찌나 달콤한 향이 감도는지 입안에 한가득 침이 고였다.

벽에 바짝 붙어 슬쩍 혀를 날름거려 보았는데 정말 솜사탕 맛이 나는 것 같기도 했다. 동규는 신비한 가게가 녹아 사라지기 전에 가게 문을 박차고 들어섰다.

망설임 없이 씩씩한 걸음을 알아본 이플은 두리의 옆에 자리 잡고 앉았다. 고객의 맑고 깨끗한 기운에 호기심이 발동했다.

　투명한 유리 테이블 위에 호기롭게 천 원짜리 지폐와 동전을 쏟아낸 고객은 볼을 꽉 깨물고 싶은 해사한 미소를 지었다. 불순물이 겨자씨만큼도 섞이지 않은 순수한 미소는 이플과 두리의 마음까지 정화시켰다.

　"아가, 이 돈으로 뭘 하려고?"

　구름 한 짝을 마신 부드러운 목소리로 두리가 건네자, 동규는 까만 별이 박힌 두 눈을 반짝였다.

　"내 할머니요."

　"할머니를 돌려달라?"

　"네. 내 할머니를 돌려 주세요. 할머니가 이 가게에 가면 할머닐 볼 수 있을 거라고 했어요. 할머니 향수도 만들어 주고요."

　두리와 이플의 마음에 작은 파도가 철썩였다. 연약한 이 아이 곁에는 이제 아무도 없다는 것을 알기에 안쓰러운 마음이 자꾸만 들이쳤다. 보호자가 없는 아이의 거취는 뻔했다. 그들의 계획이 틀어지지 않기만을 바랄 뿐이었다.

　"4700원?"

　이플은 지폐와 동전을 합산한 다음 장난기 가득한 눈빛을 동규에게 보냈다. 부족하다 이해한 동규는 양쪽 바지 주머니에 꽁꽁 숨겨 둔 포켓몬 띠부씰을 이플의 앞으로 쓰윽 꺼내 놓았다.

"형아, 이거 내가 제일 아끼는 건데 이거 형아 줄게."

"잉? 포켓몬 스티커? 이걸 몽땅 준다고?"

너무 깜찍한 동규의 모습에 두리와 이플의 얼굴에 절로 웃음꽃이 피었다.

"응, 이거 다 줄게. 난 할머니만 있으면 돼."

"좋아, 형아가 할머니 만나게 해 줄게. 너, 할머니 물건은 있냐?"

상체를 동규에게로 바짝 기울인 이플이 물었다. 가까이서 보니 고객의 얼굴은 이목구비가 오밀조밀한 것이 숨 막히도록 귀여웠다. 밤톨처럼 짧게 깎은 머리랑 찰떡처럼 어울렸다.

"응, 여기. 목에 맨날 걸고 있어."

동규는 기분 좋아지는 향이 폴폴 나는 늠름한 형이 좋았다. 저 형이라면 할머니를 돌려 줄 수 있을 것만 같았다. 동규는 설레는 마음으로 체크무늬 티셔츠 속에서 은으로 된 십자가 메달을 꺼내 보였다. 살짝 찌그러진 메달에서 세월의 흔적이 느껴졌지만 고인의 좋은 기가 총총 흘렀다.

"그거면 되겠네. 이리 줘 봐."

동규는 목걸이를 풀어 이플의 손에 건네 주었다. 어서 빨리

메모리얼 향수 가게

이 귀여운 꼬맹이가 간절히 원하는 영혼과 만나게 해 주고 싶었던 이플은 특수 안경을 끼고 자신의 뇌파와 연결된 모니터에 고인이 나올 수 있도록 주파수를 맞추었다.

"저 앞에 화면을 잘 봐. 형이 저기에 할머니를 데리고 올게."

"형아, 진짜 저기에 할머니가 와?"

"당연하지, 조금만 기다려."

"응. 기다릴게."

한가득 고인 눈물을 훔친 동규는 할머니가 나올 백지 화면만 뚫어져라 쳐다보았다.

그 모습이 안쓰러웠던 두리는 잔뜩 긴장한 어린 고객의 작고 동글동글한 손을 꼭 잡아 주었다. 동규는 그 손을 잡는 순간 신기하게도 쿵딱쿵딱 날뛰던 심장박동소리가 점차 온순해지는 것을 느꼈다. 낮잠을 한숨 자고 일어났을 때처럼 몸과 마음이 나른했다.

대형화면에는 자연에 관한 다큐멘터리가 방영되는 것 같았다. 아마존 밀림처럼 빽빽한 나무들이 쑥쑥 자라고, 무지개 빛깔의 꽃과 나비들이 춤을 추는 아름다운 풍광도 나왔다가, 불 꺼진 밤보다 깜깜한 동굴도 나오며 어린 동규를 놀래켰다. 이곳은 웬만한 놀이공원보다 사람을 놀래키고 기대하게 만드는 재주가 있다고 동규는 슬며시 엄지를 치켜세웠다.

다음 화면을 기대하며 마른침을 꿀꺽 삼킨 그 순간 마침내 동규의 소원이 이루어졌다. 너무도 그리웠던 할머니의 모습이 짠하고 나타난 것이다. 매일같이 우리 강생이라며 우쭈쭈해 주던 할머니는 하나도 달라진 게 없었다. 언제나 따끈하고 한결같이 맛 좋은 붕어빵처럼 여전했다.

반가운 마음에 동규는 소파에서 발딱 일어나 화면으로 달려갔다.

"할머니. 거기서 얼른 나와. 동규한테 와야지… 어?"

동규는 그립던 할머니를 고사리 같은 손으로 더듬었다. 아이의 투명한 눈망울에서 별똥별이 뚜두둑 떨어졌다.

여덟 살 동규의 보호자는 68세 할머니 박순애 혼자였다. 아들과 며느리는 동규가 두 돌을 넘길 무렵 다니던 공장화재로 목숨을 잃었다. 하루아침에 순애는 자식을 잃었고, 어린 동규는 젊은 부모를 잃었다. 먼저 간 부모의 빈자리를 대신하기 위해 순애는 동규를 더 많이 안아 주고 더 많이 사랑하며 가슴으로 키웠다.

기사식당에서 설거지를 비롯한 온갖 잡일을 하며 몸이 부서져라 일했지만 전 재산을 바쳐 독립운동을 한 증조할아버지 때문에 대물림된 가난은 다시 태어나지 않는 한 벗어날 길이 없어 보였다.

홀로 동규를 키우며 순애는 누구보다 건강하게 오래오래 살아야 한다고, 지쳐 쓰러질 때마다 이를 악물고 일어섰다. 동규가 장성하여 제 짝을 찾아 가정을 이룰 때까지 아니, 성인이 되어 혼자서도 뿌리를 내릴 수 있을 나이가 될 때까지는 반드시 살고 싶었다.

이 삶에 미련이 있는 것이 아니라 홀로 남을 손주가 눈에 밟혀 절대 죽고 싶지 않았던 순애였다. 그러나 삶은 뒤통수를 치고 생각지도 못한 지레를 숨겨 놓고 폭탄을 터트렸다.

고약한 죽음은 어린 손자에게 작별의 인사를 건넬 틈도 주지 않았다. 일을 마치고 집으로 오는 길에 부정맥으로 갑자기 쓰러졌다. 지나가는 행인도 없는 터라 골든타임을 놓쳤다. 희미한 의식 속에서 순애는 동규의 이름을 부르며 피눈물을 쏟았다. 유난히 밤이 까맣고 바람 한 점 없었다. 그 쓸쓸한 밤에 순애는 동규의 얼굴도 보지 못하고 길에서 생을 마감했다.

어린 손자가 걱정되어 눈도 제대로 감지 못했다. 동규의 새 운동화를 사 주려던 계획도 물거품이 되었다. 매일같이 얻어 신기다 보니 동규의 운동화는 밑창이 많이 닳은 데다 사이즈도 딱 맞지 않았다. 어쩔 땐 작고, 어쩔 땐 두꺼운 양말을 신어도 발이 한참을 겉돌았다. 동규의 낡은 운동화를 볼 때마다 순애는 마음이 안 좋았다. 이번 달 월세를 내고 남는 돈으로 무조건 새 운동화를 사 주려 마음먹었었다.

더 큰 근심은 보호자가 없는 동규의 거취였다. 지금은 기사 식당에서 같이 일했던 김행자가 동규를 임시로 보살펴 주고 있었지만 곧 보호시설로 갈 것이 뻔했다. 동규의 거취를 생각하면 명치에 대못이 박힌 것처럼 숨이 깔딱깔딱 넘어갔다. 일가친척 하나 없는 불쌍한 손자를 생각하면 죽어서도 죽은 게 아니었다.

막 이승을 건넜을 때 순애는 영혼들 사이에서 신기한 향수 가게가 있다는 얘길 들었다. 그 향수 가게를 이용할 수 있는 자격은 꽤나 까다로운데 다행히 자신은 자격이 된다고 천국의 골목 지킴이가 분홍색 딱지를 붙여주었다.

4월이면 똥글똥글 분홍 꽃봉오리가 압권인 풀또기꽃을 닮은 화사한 분홍딱지는 천국의 향수 가게를 이용할 수 있는 일종의 입장료 같은 거였다. 순애의 속이 오죽 시커멓게 탔으면 향수 가게 입장을 기다리던 영혼들은 만장일치로 순애에게 제일 빠른 번호표를 몰아주었다.

살면서 타인에게 피해를 주거나 가슴에 창을 꽂은 일이 없으며 손자를 위해 헌신한 삶과 무엇보다 독립유공자의 후손이기에 웬만한 악성사항(살인이나 강간, 사채추심행위 등)이 없으면 무조건 프리패스라고 했다.

"할머니. 지금 동규 향수 가게에 와 있어요. 엄청 귀엽던데요?"

이플과 마주한 순애는 소리 없이 눈물만 뚝뚝 흘렸다. 어린 손자를 생각하자 목울대가 뜨겁고 눈물이 샘솟았다.

"우리… 동규… 참 귀엽지요….'

할머니의 목소리를 들은 동규는 복받치는 설움을 참다못해 앙 울음을 터트렸다.

"으으앙! 할머니… 다시 살려달라고 해. 동규 흑, 한테, 흐흑, 다시 가게 해달라고 말해. 어서… 흑, 말하란 말이야….'

동규는 울먹이는 목소리로 할머니를 애타게 불렀다. 여덟 살 작은 몸에서 처절하게 숫구친 애틋한 그리움이 두리의 가슴을 아프게 때렸다. 아이의 슬픔을 고스란히 느낀 두리는 별똥 같은 눈물이 뚝뚝 떨어지는 동규의 뺨을 훔친다음 할머니 대신 포근한 품에 껴안아주며 등을 토닥였다.

"아가. 할머니는 네 목소릴 못 듣는단다. 그리고 다시 이곳으로 돌아올 수는 없어. 할머니는 이곳보다 훨씬 더 좋은 곳에 가실 거거든.'

"더 좋은 곳요?'

두리의 품을 벗어난 동규는 빨개진 눈을 비비며 두리를 바라봤다.

"응. 그곳에선 고생 안 하시고 편하게 사실 거야.'

"그럼 할머니 무릎도, 허리도 안 아파요? 맛있는 것도 많이 먹고요?'

"그럼, 누구보다 건강하고 행복하게 사실 거란다. 그러려면 동규가 할머니를 보내드려야 해. 할 수 있겠니?"

동규는 한겨울 찬물에 세수했을 때처럼 정신이 번뜩 들었다. 두발자전거가 갖고 싶거나 놀이공원에 가고 싶은 걸 꾹꾹 참아왔던 것과는 차원이 다른 일이었다. 아쉬워하거나 미련이 남는 일로 남겨두어서는 안 되는, 반드시 그래야만 하는 일임을 동규는 즉각 깨달았다.

할머니가 움직일 때마다 할머니의 고장 난 무릎에서 삐걱거리는 소리를 동규는 기억했다. 특히 흐리거나 비라도 내리는 날이면 무릎을 움켜쥐고 한 움큼 인상을 쓰던 할머니의 헬쑥한 얼굴을 떠올렸다. 남은 찬밥에 대충 물을 말아 빨간 배추김치와 입속으로 꾸역꾸역 밀어 넣던 할머니의 초라한 식사도 둥둥 눈앞에 떠다녔다. 고무줄이 쭉쭉 늘어난 할머니의 낡아빠진 속옷과 밑창에 구멍이 날 것 같은 색 바랜 구두도 동규는 잊지 않았다.

비록 어른이 되어 할머니를 행복하게 해 주겠다는 꿈은 녹아버린 아이스크림처럼 손을 떠났지만 그보다 더 좋은 일이라는 것쯤은 어린 동규도 알 수 있었다.

"…네에… 할머니가 안 아프고 행복할 수 있다면 할게요. 꼭 할 거예요."

"할머니 보내드릴 수 있도록 형아랑 아줌마가 도와 줄게."

메모리얼 향수 가게

동규는 어느새 또 고인 눈물을 손등으로 닦으며 의젓하게 고개를 끄덕였다.

　향수를 만드는 과정에서 고질적인 그리움의 80%를 토해 내기 때문에 고인을 향한 병적인 그리움은 거의 사라진다. 원래는 악성 그리움의 절반만 덜어 낼 수 있는 구조인데 천재적인 조이플의 남다른 재능으로 80% 이상 덜 수 있게 되었다. 그리하여 고객은 견딜 수 있을 만한 그리움만 안게 되고, 향수를 맡을 때마다 아픔이 섞인 그리움마저 점차 옅어지므로 소중한 추억을 불러일으키는 가슴 따스한 그리움만 남게 되는 것이다. 동규도 분명 그리 될 것임을 알기에 두리는 마음이 한결 가벼웠다.

　"할머니한테 동규 걱정은 말고 행복하게 살라고 전해 주세요. 씩씩하게 멋진 어른이 될 거라고요. 왕왕 할아버지처럼 우리나라를 위해 일하는 훌륭한 사람이 될 거라고 꼭꼭 전해 주세요."

　애달픈 눈물로 얼룩졌던 동규의 눈동자엔 어느덧 희망의 푸른빛이 감돌았다. 두리는 지금이 향수를 만들 적기임을 읽었다.

　"그래. 형아가 꼭 전해 줄 거란다. 동규야 할머니한테 작별 인사 할까?"

　동규는 고개를 끄덕였다.

이플은 동규의 작고 여린 손을 애정 있게 잡았다.

"지금 형아랑 할머니 만나러 갈 건데 겁나 아름다운 놀이동산을 지나칠 거야. 실컷 구경하다 보면 할머니가 짠하고 나타난다. 쪼꼬미 준비됐어?"

"응, 준비됐고말고. 형아 얼른 출발해. 가자 빨리!"

"오키. 고고!"

어느 때보다도 의뢰인의 손을 힘주어 잡은 이플은 주파수를 맞추었다. 이번에는 평소 다니던 지름길이 아닌 천국에서 아름답기로 소문난 동네를 가로지르기로 맘먹었다. 순수한 동규에게 인간의 머리로는 그릴 수 없는 극한의 아름다운 경관을 맛보여주고 싶었다. 앞으로 살면서 고난이 닥칠 때마다 천국맛 비타민을 쏙쏙 꺼내먹고 으라차차 힘을 낼 수 있도록 어린 동규의 뇌리에 깊숙이 새기려 이플은 작심했다.

짧게라도 치열하게 살아본 세상이 그리 호락호락하지 않다는 것을 누구보다 잘 아는 이플이기에 동규보다 8년을 더 산 인생 선배로서 주는 일종의 선물이랄까.

"형아 최고야!"

전에도 본 적 없고, 앞으로도 볼일 없을 기막힌 천국의 풍광을 지나칠 때마다 이플의 짐작대로 동규는 자지러지게 환호성을 질렀다. 동규의 리액션이 과할수록 이플의 가슴이 터질듯이 벅차올랐다. 메모리얼 향수 가게 조향사도 할 만하네.

살아나길 잘했어. 덩달아 신바람 난 이플은 콧노래마저 흥얼거렸다.

간만에 아름다운 비행을 마친 이플은 기분 좋게 순애와 동규를 재회시켰다.

환상적인 공간으로 탈바꿈한 순애와 동규의 보금자리는 그 어느 때보다도 찬란히 빛났다.

작별 인사도 없이 동규를 떠나야 했던 순애는 마지막 인사를 제대로 하고 싶었다. 그것이 죽어서도 한이 되었는데 오늘에서야 비로소 묵은 그 한을 덜게 되어 여한이 없었다. 동규를 와락 끌어안은 순애는 어린 손자의 숨결을 느끼고 정수리 냄새를 맡았다.

"내 보물, 내 강생이."

"할머니. 할머니."

할머니의 품에 폭삭 안긴 동규는 친숙한 할머니의 냄새를 깊숙이 맡았다. 희미한 옷장 속 나프탈렌 냄새와 할머니가 자주 바르던 안티푸라민 냄새가 뒤섞인 그 냄새를 맡자 안정감이 들었다. 한참을 안겨 있던 동규는 살포시 할머니의 얼굴을 힐끔 쳐다보았다. 아직도 할머니가 맞았다.

동규를 부드럽게 떼어놓은 순애는 여느 때처럼 너그럽게 웃으며 동규의 작은 손을 꼬옥 잡았다. 짤막한 손가락에 뽀뽀도 하고 그리웠던 냄새도 맡았다.

"어디 보자 내 강생이. 씩씩하게 잘 있었어?"

"응, 잘 있었어. 할머니도 잘 있었어?"

"이 할미는 우리 동규가 잘 지내면 할미도 잘 지내지."

"할머니 있잖아. 향수 가게 아줌마한테 들었는데, 할머니는 이제 엄청 좋은 곳에 갈 거랬어. 아까 내가 잠깐 갔다 왔는데 그런 곳은 처음 봤어. 할머니도 보면 엄청 좋아할 거야. 거기 가면 할머니 무릎도 안 아프고 허리도 안 아프대. 이제 일도 안 해도 된대."

"울 동규 그래서 좋으냐?"

"당연하지! 무지무지 이따만큼 좋아."

두 팔이 떨어지도록 머리 위로 커다란 동그라미를 그리는 동규를 보며 순애는 눈물을 머금은 함박웃음을 지었다.

순애는 동규의 손을 잡고서 새 운동화를 사러 나갔다. 원 없이 이것저것 신겨보고 통통한 발도 만져 보았다. 처음 신어 보는 새 운동화에 혼이 쏘옥 빠진 동규는 계란 프라이의 흰자 처럼 새하얀 운동화 앞에서 움직이지 못했다. 순애는 동규의 발에 딱 맞는 하얀 운동화를 신겨 주었다.

생전 처음 신는 새 운동화가 좋았던 동규는 새하얀 운동화 를 자꾸만 내려다보았다. 그런 손주를 애틋하게 내려다보던 순애는 동규와 눈높이를 맞추어 앉았다.

"우리 강생이 할미 없어도 밥 잘 먹고, 학교도 잘 다닐 수 있지?"

"응, 있어. 아무 걱정 마."

"무슨 일이 있어도 동규는 소중한 사람이라고 했지?"

부모 없는 아이라 놀림 받는 동규의 처지를 모르는 순애가 아니었다. 부모 없고 가난한 것이 동규의 잘못도 아닌데 사람들은 칼날보다 더 날카로운 말로 사정없이 귀한 손주를 찔렀다. 무자비한 그 칼날에 찔리면 얼마나 아프고 고통스러운지 찌른 사람은 알 턱이 없겠지만 칼집이 되어 본 순애는 잔인한 그 고통을 너무도 잘 알았다.

나이를 먹어도 좀처럼 묽어지지 않는 두려운 그 고통을 손주에게는 절대 물려주고 싶지 않았다. 그깟 칼날쯤은 거뜬히 막아 내는 단단한 마음을 가진 사람으로 성장하길 순애는 바라고 또 바랐다.

"응, 동규는 할머니의 하나뿐인 귀한 손자니까 세상 누구보다 소중한 사람이야."

"그래 동규야. 우리 동규는 세상에서 젤 소중한 할미 하나뿐인 손자야. 이 할미가 먼저 좋은데 가 있을 테니까 나중에, 아주 나중에, 우리 동규도 그곳으로 와. 우리 그때 다시 만나자. 알았지?"

"응, 할머니. 그때 다시 만나. 약속."

동규는 작고 짤막한 새끼손가락을 내밀었다. 순애의 새끼

손가락과 꽉 걸어 잠근 순간 그들의 주위로 아름다운 향들이 회오리바람처럼 날아올랐다. 청렴하고 깨끗한 순애의 향이 이플의 콧잔등을 시큰거리게 만들었다.

소나무를 쏙 빼닮은 청렴한 푸른 향. 결의가 굳건한 소나무처럼 사시사철 푸른 순애의 향은 고달픈 삶을 묵묵히 살아온 그의 인생을 닮았다. 68년 한 인간의 삶이 주마등처럼 좌르륵 펼쳐졌다. 다시 태어난 김에 사는 철부지 조이플이지만 순애의 인생 앞에서는 저도 모르게 숙연해졌다.

헤아릴 수 없이 수많은 순애의 향들 중 유독 짙게 다가온 향들의 분자가 이플의 마음에 딴딴한 돌을 얹었다.

자식을 앗아간 화마가 남긴 그을음의 냄새, 수백 번 거절당하고 무시당한 서글픈 좌절의 냄새, 내일의 끼니를 걱정하며 바라봤던 바닥을 드러낸 쌀통의 눅진한 냄새, 숨이 턱턱 막히고 한치 앞도 보이지 않던 고달픈 가난의 냄새, 고단한 하루를 마감하고 돌아오던 밤공기의 공허한 냄새… 피곤에 찌든 어깨를 주물러 주던 고사리 같은 동규의 손 냄새, 동규의 헤진 운동화를 빨며 눈물을 떨구었던 세숫대야의 탁해진 비눗물 냄새, 기사식당에서 무수히 끓였던 돼지 불백의 냄새, 남은 음식을 담아 오던 손때 묻은 반찬통의 냄새, 말 같지 않은 소릴 지껄이는 손님들에게 건넨 따스한 문장의 냄새, 힘든 생활 속에서도 부끄럽지 않게 살아온 청렴의 냄새, 매순간 최선을 다해 손주를 키운 강인한 애정의 냄새…

누구보다 뜨겁게 살았고 삶이 깨끗한 사람이었다. 악한 행동과 생각은 찾아볼 수 없고 부모와 조상까지 선한 삶을 산 소문으로만 듣던 '프리패스인간'.

자식도 쓰레기처럼 쉽게 버리고 남의 불행을 위안 삼는 못된 인간들이 대다수라 믿고 산 이플에게 프리패스인간의 등장은 적잖은 충격을 안겨 주었다. 세상은 그녀의 삶이 별 볼일 없었다 기억할지 몰라도 이플은 그 진가를 알았다.

이플은 조심스럽게 손바닥을 펼쳤다. 순애의 함축된 인생이 퍼퓸스톤으로 잘게 잘게 쪼개져 부유하듯 떠다녔다. 하늘의 자기장이 흐르는 메모리얼 향수 가게 조향사의 손바닥에 사뿐히 내려앉은 유독 향이 짙은 퍼퓸스톤을 이플은 고요히 바라보았다. 순애의 향수는 소나무를 닮은 푸른 초록이었다. 이플은 영감이 번뜩 떠올랐다.

박순애 영혼의 조향 디자인을 신속하게 마친 이플은 조향대로 향했다.

탑노트 동규가 맡는 순간 순애를 떠올릴 박순애 고유의 체취, 모든 가족이 함께했던 시절 즐거웠던 날들의 퍼퓸스톤과 시너지를 낼 천사의 미소 세 조각을 더했다.

소울노트 동규와 함께 행복했던 모든 날, 모든 순간의 향과 그 행복을 더블업 시킬 양질의 세로토닌 그리고 두려울 것 없던 독립투사의 굳센 용기를 덧입혔다. 칠흑처럼 깜깜한 한밤중에 악몽을 꾸다 깬 동규가 겁에 질려 울먹였을 때, 괜찮다, 할머니 여기 있다, 살포시 안아 주던 그때의 할머니의 품을 연상시킬 아련함으로 조향했다.

라스트노트 동규와 처음 맛보았던 향긋달콤한 잘 익은 망고의 향. 이가 시원찮던 순애가 부드러운 망고를 입에 넣던 그 순간, 순애의 입가에 햇살처럼 번지던 그 행복한 미소를 기억할 잔향.

작업을 마무리하던 이플은 환상 속에서 순애가 사 준 새 운동화를 자꾸 내려다보는 동규를 힐끔힐끔 곁눈질했다. 때론 환상이 진짜가 되는 것. 메모리얼 향수 가게만의 영업 비법이었다.

아직 8년 밖에 안 살았는데 어쩜 저리 기특한지, 이플은 뭐든 쪼그만 저 여덟 살 아이가 참 신기했다. 아무리 생각해도 이플은 저 나이 때 저리 철들지 않았었다.

돌아보고 싶지 않을 만큼 이플의 여덟은 참 끔찍했다. 기적이 일어나길 바라며 잠들었지만 여덟 살이 되어도 여전히 기쁜 일은 생기지 않았다. 기적적으로 희귀병에 걸린 몸이 낫

는다던가. 자신을 괴물이라 놀리며 괴롭히는 아이들을 혼내주는 초능력이 생기지도 않았다.

이플의 여덟은 어떡하면 학교를 결석할 수 있을지를 고민하던 때로 남아있다. 결석하기 위해 일부러 상한 우유도 마시고, 드라이기의 온풍을 귀에 쐬어 고열이 나는 척 꾀병을 부렸던 날들을 반복하다 결국 물러났다. 홈스쿨링으로 공부한 이플은 철저히 혼자였다.

"조이플. 다 끝났으면 마무리해."

8년 전 기억에 묶인 이플의 어깨를 두드린 진두리는 얼굴도 마음도 동글동글한 의뢰인을 이대로 돌려보내고 싶진 않았다. 동규의 뱃속에서 공복을 알리는 꼬르륵 소리가 점점 커지는 알람처럼 자꾸 들렸기 때문이다.

아까 할머니와 재회했을 때 맛있는 거 먹으러 가자던 순애에게 동규는 배가 부르다며 거짓말을 했다. 새 운동화를 샀으니 외식까지 하는 건 할머니를 매우 곤란하게 하는 일임을 동규는 알았던 것이다.

기특한 그 마음을 아는 두리와 이플은 꼬르륵 거리는 동규의 배꼽시계를 서둘러 잠재우고 싶었다.

"동규야, 아줌마랑 형이랑 맛있는 거 먹을까?"

"진짜요?"

"그럼 가짜겠냐? 너 뭐 좋아해?"

배시시 웃던 이플은 좋아서 어쩔 줄 몰라 하는 동규의 가는 머리카락을 마구 헝클었다.

　동규는 쩝쩝 입맛을 다시며 먹고 싶은 것을 머릿속에 차근차근 떠올렸다. 크림치즈가 듬뿍 얹어진 포테이토 피자, 해담이의 생일파티에서 먹었던 교과서보다 두껍고 입안에서 살살 녹던 스테이크, 빠삭한 치킨, 먹고 돌아서면 자꾸 생각나는 짜장면, 질리지 않는 탕수육, 먹는 순간 행복해지는 불고기버거세트···. 먹고 싶은 것들이 달리는 지하철처럼 길고 빠르게 나타났다. 입안에 가득 고인 침을 꿀꺽 크게 삼켰다. 동규는 전부 다 먹고 싶었지만 과감히 추렸다. 자신의 소울 푸드로.

　"짜장면, 탕수육."

　"콜! 난 짬뽕."

　이플이 손 권총을 쏘며 진두리를 쳐다보자 고민도 없이 진두리가 외쳤다.

　"난 고추잡채밥."

　모처럼의 외식에 이플도 두리도 동규 못지않게 마음이 들떴다. 이플은 정성스레 조향한 순애의 초록빛깔 향수를 육각형 크리스털 병에 담아 동규에게 건네 주었다. 순애의 향수를 맡을수록 동규는 어떤 순간에도 용기를 잃지 않을 것이었다.

　　　　　　　　　　　　　　　　메모리얼 향수 가게

"할머니가 그리울 때나 특히 용기가 필요한 순간에 맡아 봐. 그럼 없던 용기도 불쑥 생길 거니까."

"우와. 형아 최고!"

"흐흐. 내가 좀 하지."

어린 동생 앞에서 잘난 척 으스대는 이플을 바라보며 두리도 유쾌하게 웃었다. 고슴도치처럼 뾰쪽한 이플의 가시가 잠시나마 기어들어간 것 같았다.

부활한 후에도 학교 가는 걸 거부하고 검정고시 준비 중인 이플을 보면서 두리는 걱정이 들곤 했다. 학교생활을 통해 친구도 사귀고 저 나이 때만 할 수 있는 경험을 하길 바랐는데, 예전 상처가 아직도 아물지 않았는지 이플은 세상에 나가길 두려워했다. 두리는 그런 이플이 내심 걱정이었다.

기분 좋은 식사가 끝날 무렵 두리는 메모리얼 향수 가게 매니저의 임무를 잊지 않았다. 야무지게 단무지를 집어 들던 동규의 입가를 휴지로 닦아 주며 본론을 꺼냈다.

"며칠 있으면 어떤 아줌마 아저씨가 동규를 찾아 올 거야. 그분들은 할머니처럼 좋은 분들이니까 두려워하지 말고 인사 잘하렴."

두리는 철중과 미옥의 선한 얼굴을 상기하며 그 옆에 동규를 슬며시 그려 넣었다. 흩어졌던 퍼즐 조각이 완성되는 것처럼 완전한 가족의 모습이 동규의 머리 위로 무지개처럼 펼쳐졌다.

"누군데요?"

"응, 어쩌면 동규의 가족이 될지도 모를 사람들."

통통한 탕수육을 소스에 푹 담그던 동규의 작은 손이 멈추었다. 앞니가 두 개 빠진 얼굴 하얀 짝꿍 지안이의 미소를 볼 때처럼 동규의 조막만한 가슴이 콩닥콩닥거렸다. 아니 그보다 더 설레었다.

오늘보다 밝고 찬란할 동규의 내일이 북경반점의 천장에서 잠깐 반짝거렸다. 그것을 엿본 두리와 이플은 사이다로 환희에 찬 축배를 들었다.

동규의 멋진 내일을 위해~ 짠!

3.

환상의
초코우유

라흐마니노프의 피아노협주곡 3번을 감상하던 이플은 지그시 눈을 감았다. 그의 피로한 영혼을 치유하는 피아노 선율이 혼잡한 머릿속을 나란히 줄 세웠다.

이플은 댄스, 힙합이 아닌 클래식을 들었다. 그 중 피아노연주곡에 게임할 때만큼이나 과하게 몰입했다. 피아노를 제대로 쳐 본 적도 없으면서 피아노곡들을 왜 이리도 끔찍이 사랑하는지 이플은 알 길이 없었다. 피아노 선율만 들으면 미지의 누군가와 교감하는 것 같은 묘한 기분에 사로잡혔다. 와이 파이를 켠 것 같았다.

피아노 선율에 한창 빠져있던 이플은 미간을 잔뜩 찌푸리며 눈을 떴다. 무섭도록 몰려오는 거대한 그리움 때문이다.

"뭐야."

궁금함에 창밖을 내다보던 이플은 탁한 자줏빛과 칙칙한 보라로 울룩불룩 멍이든 심상찮은 하늘을 보며 고객이 올 것임을 짐작했다. 오늘 고객이 온다는 얘길 진 여사가 했던가. 아닌데. 분명 오늘 오후까지는 올 고객이 없다며 진 여사는 장염으로 동물병원에 입원 중인 그녀의 아들 초코를 데리러 외출을 했더랬다. 뭔가 오류가 있음이 분명했다.

이플은 몸을 일으켰다. 얼마나 대단한 그리움일까? 향수를 만들고도 남을 엄청난 양인데. 누굴까?

아쉽지만 음악 감상을 멈추고 헤드폰을 목에 건 다음 문가로 향했다. 음울한 보라와 자주가 적절하게 뒤섞인 진득하고 두터운 그리움이 향수 가게를 둥그렇게 에워싸고 있었다. 그리움을 측정하는 향수 가게 공식 저울이 진 보라색으로 경고음을 내며 수직상승했다. 이만큼이나 되는 상당한 양의 그리움을 몰고 온 고객이 궁금했던 이플은 당장 문을 열었다.

엥? 어찌 된 일인지 사람이라고는 눈 씻고 찾아 봐도 없었다. 대신 흰 개로 추정되는 꾀죄죄한 개 한 마리가 이플의 발밑에서 살랑살랑 꼬리를 흔들었다. 덩치가 제법 크고 털이 복슬복슬했다. 무슨 말 못할 사연을 안고 있는지 복슬한 털이 구정물에 목욕을 한 것처럼 회색빛으로 더럽혀져 있었다.

"헐. 네가 여기 왜 있냐?"

이플은 무릎을 굽히고 힘차게 꼬리를 흔드는 꾀죄죄한 개를 쳐다보았다. 눈이 해맑았지만 작고 까만 눈동자 너머로 겹겹이 쌓인 그리움이 묵은 때처럼 꼬질꼬질 끼어있었다. 방대

메모리얼 향수 가게

한 그리움의 주체가 사람도 아닌 강아지라고? 말도 안 돼!

향수 가게 이래 사람 아닌 동물이 찾아 온 적은 없었기에 이플은 얼떨떨한 이 상황이 그저 장난 같았다. 하필 개들과 교감하는 진 여사도 없는데 이를 어쩐다. 문제의 손님을 요리조리 살피던 이플은 목걸이에 이름표가 달린 걸 발견했다. 우유.

"우유?"

제 이름에 반응하던 복슬이는 이플을 지나쳐 가게 안으로 냉큼 들어갔다.

"야!"

당황한 이플도 가게 안으로 따라 들어갔다.

제집처럼 가게 안을 탐색하던 우유는 곳곳에 밴 초코의 냄새를 따라 킁킁거렸다. 저러다 다리를 들고 오줌이라도 갈길까봐 화들짝 놀란 이플은 우유를 막아섰다. 이름표에 찍힌 번호로 전화를 걸었다. 받지 않았다.

"너희 주인은 너 찾아다닐 텐데."

컹컹!

우유는 대답이라도 하는 듯이 이플을 향해 짖었다. 당연히 알아듣지 못하는 이플은 우유의 흑돌 같은 까만 눈동자를 들여다보았다. 곰 같은 덩치와는 어울리지 않게 작고 까만 눈이 한없이 온순해서 마치 초코를 보는 것 같았다.

이플은 우유의 머리를 조심히 쓰다듬었다. 순순히 머리를 조아리던 우유는 핑크빛 배를 발라당 뒤집어 보였다. 분홍색 혓바닥을 내밀고 눈을 일자로 만들며 심장 떨리는 애교를 부렸다.

"개 귀엽네."

우유의 재롱에 슬며시 미소 짓던 이플은 아양을 떠는 우유가 싫지 않았다. 초코의 밥그릇에 물과 사료를 부어 주자 얼마나 굶었던지 걸신스레 먹어 치웠다. 설거지하듯 텅텅 빈 밥그릇이 구멍 날 정도로 핥더니만 문을 향해 열렬히 달려갔다. 마침 진 여사가 초코를 데리고 가게 안으로 들어서는 중이었다.

마주본 초코와 우유는 서로를 탐색하며 냄새를 맡더니만 통했는지 서로의 목덜미에 부비부비 얼굴을 비벼 댔다. 수컷인 초코는 암컷인 우유의 엉덩이 냄새에 매료되어 헤벌쭉 웃었다.

격하게 두근대는 초코의 심장소리를 들으며 피식 웃던 두리는 가방을 내려놓고 이플에게 물었다.

"얜 누구?"

"고객인 듯."

"얘가?"

"그니까 얘가."

두리는 꼬질꼬질한 우유 앞에 쪼그리고 앉았다. 한눈에 두리를 알아본 우유는 두리의 다리에 파고들어 어리광을 부렸다. 두리의 손 위로 복슬한 머리를 갖다대며 친밀하게 굴었다.

"좋은 사모예드고. 보자, 이름표도 있네. 길을 잃었나? 안녕."

안녕하세요, 우유예요. 제발 도와주세요! 울 아빠한테 끔찍한 일이 일어났어요.

"그랬구나. 아무 걱정마, 우유야. 내가 널 잠깐 볼게."

네, 준비됐어어.

우유가 제 머리를 두리의 손으로 밀착시키자 두리는 우유의 머리를 부드럽게 쓰다듬으며 숨을 가다듬고 눈을 감았다. 엉망으로 뒤엉킨 털 너머로 스산한 안개가 걷히고 우유의 마음이 투명하게 들여다보였다. 뼈가 으스러지는 고통에 신음하는 우유을 읽은 진 여사의 눈에서 수정 같은 눈물이 또르르 떨어졌다.

"주인과 사별했구나…."

두리가 들여다 본 우유는 주인 할아버지와 단둘이 살았다. 둘은 영혼의 단짝처럼 교감했고 어디든 같이 다녔다. 일가친척하나 없는 홀연 단신 할아버지의 유일한 가족이 우유였으며 호적에만 안 올렸을 뿐 할아버지는 우유를 자식처럼 키웠다. 일평생 홀로 외로웠던 할아버지에게 우유는 함께하는 따뜻함을 선물했고, 그의 유일한 낙이자 비타민이 되어 주었다.

그들의 운명적인 첫 만남은 할아버지가 폐지를 주우러 다니던 후미진 골목에서 시작되었다. 전봇대에 묶여 있는 우유를 보며 처음에는 주인이 잠깐 묶어 두고 볼일을 보러 간 것이려니 생각하며 대수롭지 않게 지나쳤는데 문제는 그다음 날도, 그다음 날도, 같은 자리에 녀석이 묶여 있는 모습을 발견했을 때였다. 이상함을 느낀 할아버지는 리어카를 내려 두고 조심스럽게 녀석에게 다가갔다.

할아버지가 본 것만 삼일이었으니 물도 밥도 못 먹었을 것 같아서 할아버지는 점심으로 단팥빵과 먹으려던 흰 우유를 주운 그릇에 담아 내밀었다. 허겁지겁 게걸스럽게 먹어치우는 녀석의 모습이 오래전 부모에게 버려져 밥을 얻어먹던 제 모습 같아서 가슴속이 먹먹해졌다. 발이 떨어지지 않았다. 철물점이고 슈퍼고 동네사람들에게 두런두런 물어보고 다녔다.

며칠 동안 묶여 있던 것으로 보아 누군가 버리고 간 것이 틀림없다며 동네 사람들이 수군거렸다. 작고 귀여운 새끼 때 키우다 어느덧 눈덩이처럼 커진 몸집이 감당 안 돼 버리는 경우가 허다하다는 소릴 들었다. 인식표도 없음을 확인한 할아버지는 그길로 버려진 우유를 데려다 자식처럼 키웠다. 저처럼 하얗고 흰 우유를 좋아하는 녀석에게 할아버지는 우유라는 심플한 이름을 지어 주었다.

버려져 본 자만이 아는 아픔을 공통분모로 할아버지와 우유는 딱풀처럼 끈끈해졌다. 새로운 목줄도 달아 주고 어딜 가든 항상 우유가 함께 했다. 하루 벌어 하루 먹고 사는 신세였지만 남부러울 것 없이 행복했다. 그러던 그날을 보던 두리는 뭔가 이상함을 감지하고 이플을 바라보았다.

맞다는 듯 우유가 '컹컹!' 하고 짖었다. 두리는 우유에게 귀를 기울였다.

두리 언니, 여기 좀 봐봐!

우유가 빙글빙글 돌았다. 그러자 초코가 다가와 우유의 등에다 코와 입을 비벼 댔다.

엄마, 여기 얘 등에서 이상한 냄새가 나.

그래, 초코야, 거기야, 거기, 나이스!

헤헤, 나 좀 개 멋진 듯.

"진 여사, 얘네들 도대체 뭐래는 거야? 해석 좀 하지?"

서로서로 왕왕 짖어대는 우유와 초코를 보며 이플이 답답한 듯 두리를 쳐다보았다.

"우유 등에 뭔가 있다는데?"

두리가 말했다.

"진짜?"

눈이 반짝반짝해진 이플은 정글 같은 우유의 등을 더듬었다. 빽빽한 우유의 털 안쪽에서 투덜투덜한 천의 감촉이 손끝에 닿았다. 이플이 재빨리 털을 헤쳤더니 리더 줄을 연결했을 하네스가 보였다. 하네스의 포켓처럼 보이는 두툼한 등 쪽에 손을 넣었다. 무언가가 만져졌다. 이플은 빠른 손놀림으로 서둘러 그것을 꺼냈다. 우유의 등에 업혀 있던 것은 낡은 통장과 볼링 핀처럼 생긴 검정 인감도장이었다. 그리고 또박또박 정성 들여 쓴 할아버지의 간절한 메모까지. 불시에 불쑥 찾아올 임종을 대비해 늙은 주인이 우유를 위해 준비해 둔 것이었다.

우리 우유를 잘 키워 주세요. 이 돈은 감사의 표시입니다.

두리와 이플의 마음이 도토리묵처럼 물컹거리던 그때, 피가 말라붙은 만년필 뚜껑이 하네스 안에서 툭, 떨어졌다. 어마어마한 번개가 내리꽂히듯 한 장면이 번쩍했다. 피를 흘리는 할아버지가 죽기 직전 손에 쥐고 있던 것을 우유의 하네스로 힘겹게 숨기는 장면이었다.

"살인이야. 할아버지는 살해당했어."

동시에 말한 두리와 이플은 당혹스러움에 한숨을 쉬고 눈썹을 좁혔다. 이런 경우는 처음이라 적잖이 당황스러웠다. 정확히 말하면 자신들의 분야 밖의 일이었다. 하지만 억울한 영혼의 죽음을 그냥 두고 볼 수만은 없는 법.

　할아버지의 통장을 쥐고 기를 모은 이플은 특수 안경을 끼고 영혼과 서둘러 접촉을 시도했다.

　반짝반짝 번쩍번쩍 단번에 영혼의 고속도로 접어 든 이플은 영혼의 고혹적인 숨결의 리듬에 어김없이 가슴이 떨렸다. 매번 착한영혼의 숨결을 느낄 때마다 이플의 심장은 주체할 수 없이 두근두근거렸다. 마치 사랑에 빠진 이의 심장처럼 활기차고 아름다워졌다. 이플은 이 순간이 가장 경이로웠다.

　본격적인 영혼의 길로 들어서면 거대하고 복잡한 미로처럼 수많은 숨결이 뒤엉켜있다. 수천, 수만의 숨결 중에 오직 그가 원하는 영혼의 숨결을 찾는 일이란 영혼의 향수 가게 조향사들조차 거듭된 훈련이 필요한 고난이도의 작업이었지만 이플은 별다른 훈련 없이 스스로 터득했다. 정확히 말하면 몸으로 느꼈다. 영혼의 향수 가게 이래 최연소 조향사라는 타이틀이 괜히 붙은 게 아니었다. 이플은 천재적인 조향사였다.

　열두 살에 죽기 전까지는 전혀 알지 못했던 자신의 능력이 이플은 새삼 뿌듯했다. 세상의 모든 불행을 안고 태어난 저주받은 몸이라고 생각했던 이플은 가끔, 아주 가끔은 이런 생각에 도달했다. 영혼마저 탈탈 털린 자신의 불행한 삶이 반짝이는 축복으로 변한 것은 아닐까 하는.

샛길로 빠졌던 이플은 프로답게 상념을 접고 영혼에게만 집중했다. 그러니 수순대로 신상이 읽혔다.

차순걸 71세, 뇌진탕으로 사망.

얼굴이 봄바람처럼 온화한 순걸은 인생 참 '잘살다' 온 영혼이었다. 작은 몸이지만 다부져보였고 희끗희끗한 머리도 단정했다. 눈꺼풀이 축 처진 눈은 선한 인상을 더 선해보이게 만들었다. 늙수그레한 노인의 얼굴에 나타나는 삶의 척도가 단연 으뜸이었다. 메모리얼 향수 가게 조향사의 이름을 걸고 단언할 수 있었다.

우유는 화면 속에 나타난 순걸을 보며 꼬리가 떨어질 듯 흔들며 어쩔 줄 몰라 끙끙거렸다. 폴짝폴짝 뛰었다.

아빠, 아빠! 보고 싶었어요! 아우우~~!

우유의 고통스런 하울링에 심장이 베인 두리는 날카로운 통증을 느꼈다.

"차순걸 할아버지?"

"그렇소."

"전 향수 가게 조향사, 조이플이예요."

메모리얼 향수 가게

"어이, 조이플! 안 그래도 여기서 설명을 해줍디다. 그런데 내가 두고 온 가족이라곤 우리 우유뿐이라⋯."

"우유가 찾아왔어요."

"참말이요?"

"네."

"아이쿠. 기특한 녀석. 밥이나 제대로 먹고 다니는지⋯."

순걸의 주름진 눈가에 넘치도록 고인 투명한 눈물을 보며 이플이 대답했다.

"걱정 마세요. 우유는 겁나 잘 있어요. 저기, 할아버지."

긴장된 숨을 꿀꺽 삼킨 이플은 꺼내기 힘든 말을 내뱉었다.

"살해당하신 거죠?"

"하⋯ 그랬지. 다 우유의 밥그릇 때문이지⋯."

뒷짐 지며 먼 곳을 응시하던 순걸은 그날을 기억에서 불러와 이플과 공유했다. 그러자 그날의 온갖 냄새들이 이플의 코를 마비시킬 듯 범람했다.

그날은 별다른 일 없었다. 평소처럼 폐지를 줍다 쓰레기더미에서 문양이 꽤 화려한 그릇 하나를 발견한 거 외에는 평소와 같았다. 알록달록한 꽃과 꿈틀거리는 비범한 용이 그려진 그릇은 제법 쓸 만해 보였다. 그것에 흥미를 보인 것은 다름 아닌 우유였다. 그릇에 코를 박고 떼질 않았다. 그 모습을 본 순걸은 우유의 밥그릇으로 딱이다 싶어 그릇을 리어카에 실었다.

우유가 집착하던 알록달록한 그 그릇이 소더비에서 수억 원에 낙찰되는 청나라 옹정시대의 그릇이라는 것을 순걸이 알리 만무했다. 사고의 발단은 그것을 알아본 누군가가 그 자리에 있었다는 것. 한때 문화재청에서 일한 경험이 있는 노련한 고미술 경매상 윤석재였다.

돈이 되는 고서나 그릇이 가끔 고물상에서 발견되는 것을 일찌감치 체험한 석재는 여러 고물상과 친분을 쌓았다. 그날 A고물상에 들른 석재는 마침 폐지를 가져오는 순걸의 리어카에서 그릇을 발견했고, 엄청난 값이 나가는 그릇을 손에 넣고자 돈 몇 푼 쥐어 주고 가지려 했으나, 문제는 우유의 밥그릇으로 점찍었던 순걸의 만만찮은 고집이었다. 하나뿐인 가족인 우유의 밥그릇을 팔 생각은 추호도 없었다.

그릇을 손쉽게 손에 넣을 수 있으리란 석재의 계획은 난데없이 베베 꼬여 버렸고, 석재는 가질 수 없는 그릇과 치명적인 사랑에 빠졌다. 금단을 향한 인간의 욕망은 가속도가 붙는 법이라 멈출 길이 없었다. 갈수록 손에 넣고 싶었다. 시커먼 욕망에 눈먼 석재는 자신이 그릇을 가져야 하는 것에 대한 합당한 이유를 갖다 붙였다.

수억 원에 호가하는 그릇이 개밥그릇으로 전락하는 꼴을 보는 것은 보물을 알아 본 자신의 명품 안목에 대한 모독이자

방치하면 문화적 손실이란 직관적 사고가 무서운 욕망에 불을 질렀다. 자다가도 발딱발딱 일어났다. 뜨끈한 밥을 푸다가도 입맛이 뚝 떨어졌다.

그릇만 생각하면 속에 천불이 나서 제명에 못 죽을 것 같았다. 석재는 살아야 했기에 순결의 집에 잠입했고, 낯선 이가 오면 짖어야 했기에 우유는 맹렬하게 짖었다. 도둑이 침입한 걸 안 순결은 당연히 방망이를 집어 들었고, 방어해야 했던 석재는 연약한 순결을 후려치고 힘껏 밀쳤다. 184센티에 100킬로그램을 육박하는 육중한 석재의 팔 힘은 어마 무시했다.

만신창이 된 작고 삐쩍 마른 순결은 벗어던진 양말처럼 훌러덩 나가떨어졌는데, 하필 관상용으로 주워온 뾰족한 석상에 순결의 머리가 정확히 떨어지는 참사가 일어났다. 한 인간의 뜨겁고 붉은 피가 진회색 석상을 검붉게 물들였다. 사건은 그렇게 불시에 일어났다.

평소에는 순하디 순한 우유였지만 주인을 해친 석재에게만은 사나운 맹수로 돌변했다. 미친 듯이 짖으며 석재의 다리를 물어뜯었다. 석재의 다리에서 피가 철철 흘렀다.

"악! 놔! 이 개새끼야!"

격렬한 발차기로 우유를 가격하고 방망이를 휘두르던 석재가 발악하던 그때, 순결의 가느다란 숨소리를 느낀 우유가 석재의 다리를 놓았다. 얼굴이 찌든 걸레처럼 싯누레진 석재는 그 와중에도 그릇을 들고 줄행랑을 쳤다.

순걸에게 다가간 우유는 끙끙거리며 파리한 순걸의 얼굴을 정성스레 핥았다. 간신히 숨이 돌아온 순걸은 손에 꼭 쥐고 있던 석재의 피 묻은 만년필 뚜껑을 우유의 하네스에 숨겼다. 그리고 숨을 거두었다. 다시 돌아올지도 모를 살인범으로부터 증거를 숨기려는 순걸의 필사적인 의지이자 다잉 메시지였다.

"우유야, 고생했어. 많이 무서웠지?"

두리는 우유가 안쓰러워 위로하듯 쓰다듬어주었다.

앙, 너무 무서웠어요. 아빠의 냄새가 어느 날 세상에서 사라졌는데, 난 그 살인마보다 그게 더 무서웠어요. 아빠가… 넘 보고시포요….

두리는 우유를 가슴가득 안아 다독거렸다. 얼른 향수를 만들어 우유가 그날의 악몽에서 벗어나기를 간절히 바랐다.

사건의 전말을 모두 안 이플은 순걸의 사건이 세상 관심 밖으로 밀려나 쓸쓸히 잊히고 있다는 것까지 알았다. 독거노인의 죽음을 궁금해 하는 이는 아무도 없었다. 그렇다면 향수 가게 방식으로 해결해야 했다.

"할아버지, 그동안 고생 많으셨습니다. 이제 아무 걱정 마세요. 억울한 일도 향수 가게에서 다 해결합니다."

이번에야말로 순결의 향수에 제대로 된 창의력을 발휘할 때다. 세상이 못하는 걸 직접 해결할 꿈에 부푼 이플은 어서 빨리 조향하고 싶어 코가 벌름거리고 손이 근질근질했다.

"솜씨 좋다고 소문이 자자한 조향사 양반에게 그런 소리도 듣고, 내 인생에 이렇게 좋은 날도 오는구먼. 허허."

"우유와 하고 싶은 일 있으세요?"

우유를 떠올린 순결이 성그레 웃었다.

"우리 우유와 제대로 된 산책을 가고 싶소. 내가 온종일 폐지 줍는다고 아스팔트만 걷게 했는데, 한여름에도 열이 펄펄 끓는 아스팔트를 걷느라 신발도 안 신은 녀석이 얼마나 힘들었을까… 죽고 나니 이것저것 못해 준 것만 생각나니 원, 마음이 안 좋아. 마지막으로 우리 우유 풀냄새도 맡게 하고, 흙도 밟게 해 주고, 나도 그 옆에서 걷고 싶소. 그리고… 고향의 노을을 보고 싶다네."

마지막 말을 맺을 때 순결의 목소리는 낮게 잠겨있었다.

이플은 망설임 없이 우유의 복슬복슬한 머리에 손을 얹었다. 순결의 향수를 완성하기 위해 순결의 기억 저 끝에서 순걸이 찾아오기만을 기다리는 곳, 그의 인생의 처음이자 마지막으로 들르고 싶은 곳, 그의 고향으로 둘을 초대했다.

아스팔트가 깔리지 않은 한적한 시골길을 따라가다 보면 보이는 천연기념물로 지정된 수령이 400년이 넘은 아름드리 고목나무가 가까운 곳에 이플은 순결과 우유를 데려다놓았다. 부드러운 바람이 늙은 고목 나뭇잎을 한들한들 흔들었다.

그토록 그립던 아빠를 만난 우유는 꼬리가 떨어질 듯 흔들어대며 순결의 다리에 몸을 비비며 기쁨의 눈물을 흘렸다.

"욘석아, 잘 있었냐?"

우유를 마음껏 안고 쓰다듬던 순결의 눈가에는 투명한 구슬이 맺혀 있었다. 자신을 위해 목숨 걸고 덤볐던 우유의 용맹한 모습이 머리 위 새하얀 구름처럼 애틋하게 몰려왔다.

당연한 듯 무시하고 업신여기던 웬만한 인간보다 더 인간 같던 우유를 향한 그리움이 말도 못하게 사무쳤던 순결이다. 원대한 꿈이 있던 것도 아니다. 그저 소원이라면 우유와 배 안 곯고 살다가 한줌 재로 돌아가는 거였는데, 하찮은 인생은 소망도 하찮은지 어느 날 억울하게 살해당했다. 늙은이의 삶이 남으면 얼마나 남았다고 비명횡사하게 했는지 하늘을 찌르는 원통함에 비장이 끊어질 듯 울부짖던 날들이 아무것도 아닌 먼지처럼 흩어졌다.

얼굴 위로 떨어지는 포근한 햇살을 만끽하며 순결은 우유의 리드 줄을 잡았다. 끊어진 필름처럼 아주 흐릿하지만 기시감이 드는 길을 걷는 순결의 목이 점차 메어왔다.

구불구불한 흙길 양옆으로 드넓게 펼쳐진 황금들판이 가

　　　　　　　　　　　　　　메모리얼 향수 가게

을바람을 맞아 황금물결을 쳤다. 저 멀리 지평선 너머로 오늘 일과를 끝낸 주홍빛 해가 마지막 열정을 불태우고 있었다. 서서히 붉게 타들어가는 광활한 하늘 앞에서 순결은 뜨거운 눈물을 흘렸다.

이곳에서 태어났으나 버려진 건 이름도 모르는 어느 도시였다. 아무런 연고도 없는 곳이지만 이곳 어딘가에서 생의 첫 울음을 터트렸을 자신의 탄생을 추상하며 순결은 뜨겁게 타오르는 지평선 너머를 끝도 없이 바라보았다. 저를 버린 부모를 향한 원망도, 애가 끓던 끝 모를 그리움도, 뜨겁게 불타는 저 하늘로 올려 보낸 순결은 나지막이 내뱉었다.

"아버지, 어머니. 어디에 계시든 무탈히 잘 사시오. 날 낳아주어 고맙소. 덕분에 좋은 세상에 소풍 왔다 잘 가오. 다음 생에서는 우리 가족으로 한번 잘 살아 보오. 꼭 그러고 싶소."

순결의 뜨거운 눈물이 아름다운 방울이 되어 뜨겁게 몸을 태우는 하늘로 날아올랐다.

순결의 마음은 어느 날 어느 때보다도 평화로웠다. 우유도 그런 주인의 마음과 같았다. 산들산들한 가을바람이 노랗게 익은 벼들을 흔들었다. 황금물결의 파도를 배경삼아 아름다운 사람과 아름다운 견공은 나란히 길을 걸었다.

순결과 우유의 무한한 그리움이 사방으로 흩어지는 것을 이플은 묵묵히 지켜보았다. 자신을 버린 부모에게 고맙다 말하는 순결의 목소리가 잊히지 않았다. 이플의 심장에 부딪쳐 자꾸만 메아리쳤다.

순결의 짙고 농후한 삶의 향들이 풍성하게 흩날렸다.

아무리 기다려도 오지 않던 엄마를 그리워하며 추위에 떨었던 그날 밤의 절망의 냄새, 엄마가 손에 쥐어 주고 간 건빵의 구수한 냄새, 부엌 냄새가 스며든 삶에 찌든 엄마의 옷 냄새… 졸린 눈을 비비며 돌렸던 조간신문의 석유 냄새, 남몰래 허겁지겁 먹었던 손님이 먹다 남긴 고기 냄새, 허리 끊어지도록 무덤처럼 쌓아올린 폐지의 눅진한 냄새, 고물상에서 나던 온갖 퀴퀴한 냄새, 손때 묻은 리어카의 묵은 쇠 냄새, 오래된 고서의 먼지 냄새, 그리고 사건이 있던 그날 밤 순결의 집에서 나던 된장찌개와 막걸리 냄새, 우유의 비릿한 털 냄새, 오래된 벽지에서 나던 곰팡이 냄새, 석상에 머리가 깨지던 순간 사방으로 퍼졌던 순결의 뜨거운 피 냄새, 석재에게서 피어오르던 광폭한 살인의 냄새…

이플은 저도 모르게 눈가에 고인 눈물을 닦으며 손바닥을 펼쳤다.

순결의 아름다운 퍼퓸스톤들이 이플의 손바닥에 사뿐히 내려앉았다.

이번에는 2개의 향수를 조향할 생각이었다. 하나는 기존 방식대로 우유를 위해. 또 다른 하나는 순결을 살해한 석재에게 쓸 것이었다. 우유에게 줄 순결의 향수 스톤은 우유빛깔 바탕에다 고향의 노을색이 띠처럼 둘러져 있었다.

탑노트 순결이 갖고 태어난 고유의 체취와 온화한 성품에서 파생된 나른한 향. 우유가 가장 많이 맡았던 순결에게서 나던 폐지냄새.

소울노트 전봇대에 묶인 우유에게 순결이 건넸던 흰 우유의 냄새와 그날 순결에게서 나던 순두부찌개의 냄새, 우유와 온종일 폐지를 줍다 시원한 그늘에 쉬며 순결이 마셨던 자판기 믹스커피냄새, 그리고 순결의 곁에서 우유가 가장 행복했던 순간순간의 향과 시너지를 낼, 행복한 순간을 박제한 누구누구의 기념사진 속 행복바이러스 열두 광주리를 덧입혔다.

라스트노트 순결이 마지막으로 입었던 옷에 벤 모든 향에다 우유를 살뜰하게 만져주던 순결의 손 냄새를 아련히 더했다.

우유에게 줄 향수 조향을 마친 이플은 순결의 살해범 석재를 위한 향수 조향을 시작했다. 신중에 신중을 기한 이플은 평소와는 다른 색다른 코드를 입력했다. 고인과의 아름다운 추억을 그리워하는 고운 그리움이 아닌 맡을수록 그날 밤을 생생히 기억하게 할 코드명 블랙 X-HELL.

그리움이 덜해지는 것과는 정반대로 향을 맡으면 맡을수록 순결을 향한 섬뜩한 그리움이 복리처럼 늘어나는 묘향으로 향을 맡은 석재를 제대로 괴롭힐 마중물이 될 것이었다. 그날 밤의 퍼퓸조각들을 섬세하게 차곡차곡 쌓아올린 이플은 석재에게 쏠 순결의 향수를 이른 봄, 살 속을 매섭게 스며드는 찬바람인 소소리바람에 실어 석재에게 뿌렸다.

일반적인 그리움과는 코드가 다르지만 분명 살해범 윤석재도 순결을 하릴없이 떠올릴 터였다. 그런 상태에서 순결의 향수를 맡게 되면 그때부터 본격적으로 향수의 기능이 작동한다.

우선 죄책감이란 감정을 끄집어 내는데 제아무리 먼지보다 작은 죄책감을 가지고 있다 해도 그것을 7만 배 이상 부풀려 일상생활을 불가능하게 만든다. 1분단위로 초조한 증상이 석재의 전신으로 퍼져 복날의 개처럼 두려움에 사지를 떨게 되고, 그날부터 순결이 매일같이 꿈에 나올 것이며, 7일이 지난 후에는 깨어있는 동안에도 순결의 환영을 보게 될 것이다. 그러다 또 7일이 지나면 또렷한 환청이 들리고 또 7일이 지나면 석재의 영혼이 조금씩 문드러질 것이다.

이 향수 디자인의 결말은 견디다 못한 윤석재가 자수를 하는 것이 베스트인데 간혹 자살을 하는 나쁜 경우도 있었다.

메모리얼 향수 가게

물론 정상적인 인간들의 수순이 이랬고, 만일 눈도 깜짝하지 않는다면 그땐 향수 가게의 총괄책임지인 하늘 먼 꼭대기 저 저 위에서 한방에 해결할 일이었다. 더 극단적이고 무시무시한 방법으로.

4.

거짓말 같지만
뭔가 낭만적인

조이플은 새벽 댓바람부터 잠에서 깼다. 한참 달게 자는 이플의 꿈속에 찾아온 열두 살 난 영혼이 이플의 눈까풀을 강제로 열었다. 누군가 했더니 한 달 전 네 살 위인 그 누이에게 향수를 만들어 준 적 있는 어린 의뢰인 이해준이었다.

"야, 넌 잠도 없냐? 잠 좀 자자, 잠 좀. 걍 가."

잠에 취한 이플이 다시 눈을 감으려는 찰나, 해준이 다급하게 이플의 손을 덥석 잡았다. 영혼의 손답게 갓 나온 핫초코처럼 뜨거운 온도에 이플은 인상을 한 움큼 찌푸리며 핫한 그 손을 뿌리쳤다.

"도대체 뭔 일인데?"

"형. 누나가 향수를 잃어버렸대."

"뭐!"

누나, 잃어버렸다, 두 단어의 범상찮은 조합이 이플의 정신을 번쩍 깨웠다. 이플의 중추신경계를 자극하는 몇 단어 중

두 개가 더블로 쓰인 사안이니만큼 잠이 홀딱 달아났다.

"언제? 어디서?"

"어제. 정확히 어디서 잃어버렸는지는 모른대."

"도둑?"

"그건 아닌 거 같아. 누난 내 향술 목에 걸고 다녔어. 잃어버릴까 봐."

"그럼 밖에서 잃어버렸겠네."

"아마 그런 것 같지? 울 누나 지금도 울고 있어. 형이 어떻게 좀 해 줘. 제발."

"누나한테 향수 가게로 오라 그래. 어떻게 오는지는 알지?"

"누나가 자주 다니는 골목길이면 되는 거지? 날 생각하라고 하고."

"그래. 네 누나가 가장 좋아하고, 찾기 쉬운 곳으로 이동할게."

"형. 땡큐. 꼭 좀 찾아 줘."

곧장 꿀잠 중인 두리를 깨운 이플은 초조하게 고객을 기다렸다. 저와 동갑이던 그 고객은 풀기 힘든 수학 문제 같기도 하고 읽기 힘든 외래문장 같기도 했다.

후덥지근한 열기가 백기를 들며 여름이 작별을 고하던 계절이었다. 저녁이면 선선하게 부는 바람을 쐬기 딱 좋은 날. 그날 이상하게 기분이 좋았던 이플은 미스터리한 그 고객을 만났다.

고객의 이름은 이해연. 저와 같은 이팔청춘이었지만 열여섯보다는 훨씬 성숙해 보이는 외모의 소유자였다. 굳이 보태자면 노상이 아니라 풍기는 분위기가 그 나이 또래 여자아이들과는 분명 달랐다.

이해연은 날카로운 매력이 있었다. 송곳 같은 서늘하고 위험한 매력이 아니라 사람의 영혼을 꿰뚫는 날카로운 통찰력을 타고난 영혼이 깨끗한 소녀였다. 뭐 눈에는 뭐만 보인다고 치명적인 소녀의 매력은 이플의 영혼을 깊숙이 찔렀고, 이플의 심장은 때아닌 열병을 앓았다.

언제나 그렇듯 맑은 영혼의 소유자들은 그 실상이 참 슬프게도 기구했다. 어렸을 적 부모를 여의고 이모네에서 자란 남매는 끔찍이 서로를 의지하고 아꼈는데 불행히도 물놀이를 갔다가 동생이 익사하는 참변을 당했다. 동생을 보살피지 못했다는 죄책감으로 투명한 그 영혼에 밤하늘만큼 새카만 멍이 든 여자애였다.

향수를 만들러 왔으면서도 소리 내어 맘껏 울지도 못하던 그 애가 손톱 밑에 박힌 가시처럼 거슬리고 아팠다. 고객은 고객일 뿐 재회의 순간은 없으리라 생각했는데 이렇듯 다시 만나다니…. 비통함에 찌든 낯빛조차도 가릴 수 없던 예쁘장한 이목구비가 이플의 티 없이 맑은 눈동자에 대책 없이 아른

거렸다.

그 얼굴이 언제 저 문을 열고 들어올린지 이플은 죄 없는 문을 째려보며 하릴없이 문가를 서성였다. 한식구가 된 간섭쟁이 우유도, 그의 연인 초코도 덩달아 왔다갔다 정신없이 굴었다. 마치 이플의 마음을 안다는 듯이.

이플 오빠가 사랑에 빠진 것 같은데, 사랑하면 나오는 호르몬 냄새가 나.

킁킁. 맞는 말씀. 사랑에 빠졌네, 빠졌어.

우유와 초코의 말을 듣고서 두리는 피식 웃었다. 그냥 넘어갈 수가 없는 타이밍이다.

"조이플, 멀쩡한 문은 왜 자꾸 째려봐? 그러면 해연이가 더 빨리 오기라도 할까 봐?"

두리가 짓궂게 웃었다. 그 바람에 이플은 저녁으로 사력을 다해 뜯었던 불족발이 식도를 역류할 것만 같았다.

"아, 아니! 내가 언제 문은 째려봤다고! 그리고 누가 걔 땜에 그래? 잃어버린 향수 때문에 초조해서 그러지."

"아~그러셔. 근데 네 귓불은 왜 불족발처럼 시뻘게졌을까?"

아뿔싸. 화끈하게 달아오른 귓불까지는 단속불가다.

"아니거든."

이플은 한여름 대낮의 온도만큼 후끈 달아오른 양쪽 귓불을 양쪽 손에 감싸 숨겼다.

빼박인데, 좋아하네, 좋아해.

우유가 꼬리를 살랑살랑 흔들며 촐랑거렸다. 어느새 여친 곁으로 다가온 초코도 행복한 유쾌함에 한발 얹었다.

얼레리꼴레리~ 조이플은 사랑한대요. 좋아한대요.

알나리말나리~ 알나리말나리~ 좋아한대요.

제대로 신난 초코와 우유가 이플의 발밑을 뱅그르르 돌며 오두방정을 떨었다.

"완전 개판이구만."

정신없는 두 개들 때문에 더 심란해진 이플이 말했다. 그 모습을 지켜보던 두리가 두툼한 배를 잡고 낄낄거렸다.

"아이구, 잘 논다."

콧물 질질 흘리며 머리도 제대로 못 감던 녀석이 어느새 커서는 여자애도 좋아할 줄 알고. 진두리는 그런 이플이 그저 귀엽기만 했다.

딸랑~

진두리의 깔깔대는 웃음소리 위로 가게 문 풍경 소리가 들렸다. 깜짝 놀란 이플은 귀에서 손을 떼고 문을 향해 눈을 똥그랗게 떴다. 이플의 콩닥 콩닥대는 심장박동만큼 격하게 숨을 헐떡이며 해연이 들어섰다.

"해연아, 어서 와라. 오랜만이네."

진두리의 친절한 목소리에도 해연의 얼굴은 딴딴한 아스팔트처럼 굳어 있었다. 향수를 잃어버린 것 때문에 지금 제정신이 아닌 듯 보였다. 솜털 같은 헤어라인에 송골송골 땀방울이 맺혀 있고, 왼발은 파란색, 오른발은 흰색 운동화를 구겨 신고 있었다.

"향수, 잃어버렸다며?"

이플이 최대한 담백하게 애길 꺼내자 해연은 고개를 끄덕였다. 바둑돌의 흑돌만큼 새카만 해연의 눈동자가 흔들다리처럼 불안하게 흔들거렸다.

"어디서 잃어버렸는지 기억나니?"

두리는 잔뜩 움츠린 해연의 어깨에 손을 올려 토닥였다.

"그게… 어제 아이스크림 할인점에서는 분명 있었는데, 도서관 앞에서 없어진 걸 알았어요."

"아이스크림 할인점과 도서관이라."

이럴 때일수록 전문적인 모습을 보여야 했다. 과하게 몰입한 조이플은 갖가지 경우의 수를 생각했다. 어디서 무엇이 잘못되었나.

"혹시 떨어트렸나 해서 하루 종일 뒤졌는데 결국 못 찾았어…. 다 내 잘못이야. 내가 괜히 목에 걸고 다녀서 그래. 큰일 난 거지?"

지구의 일 년 치 먹구름을 껴안은 절망적인 해연의 얼굴을 보는 이플의 마음이 새벽공기보다 더 참참했다. 하지만 속과 달리 그놈의 못난 말이 삐쭉하게 튀어나왔다.

"그래 네 탓이야. 이렇게 말하면 속이 편하냐?"

"그렇지만 그건 울 해준이잖아. 세상에 하나뿐인 내 동생의 기억이나 마찬가진데… 바보같이 그걸 내가 잃어버렸잖아."

울먹이는 얼굴도 예쁜 사람은 우주에서 이해연 뿐일 거라고 조이플은 생각했다. 물감으로 막 칠해 놓은 그림 같은 그 얼굴에 행여 눈물이 떨어져 지워질까 봐 이플은 가슴이 조마조마했다. 어떻게든 해연의 슬픔을 거둬들이고 싶었다.

"누군가가 맘먹고 훔쳤다면 네가 아무리 조심해도 털리게 돼 있어. 그니까 자책은 넣어 둘래? 1도 도움 안 되거든."

아, 개 망했다. 말 꼬락서니하고는…. 스스로를 자책하며 이플은 속으로 쓴물을 삼키고 재빨리 사심을 숨겼다.

메모리얼 향수 가게 천재 조향사로 돌아온 조이플은 이번 사태를 심도 깊게 고민했다. 일반인들이 보기엔 싸구려 구슬처럼 보일 영혼의 향수가 사라졌다. 어쩌다 흘린 거라면 불행 중 다행이지만 행여 누가 훔쳐 갔다면 그땐 일이 좀 복잡해진다.

영혼의 향수가, 특히 어린 영혼의 향수가 전문 헌터들이 생겨날 정도로 정신없이 강탈당하던 때가 있었다. 신빨이 다한 무당들의 신빨을 회복시켜 준다는 소문이 떠돌아 향수를 만드는 족족 털리곤 했었다. 방배동의 대갈장군, 지리산의 애기 동자, 용두산의 용가리선녀… 또 누구였더라. 뭐, 암튼 많은 이들이 훔쳤었다.

　물론 신빨을 회복시켜 주긴 했다. 운동선수들이 스테로이드제를 복용하면 단시간에 폭발적인 힘을 발휘하게 해 주는 것과 비슷한 맥락인데 그건 어디까지나 그 이면에 존재하는 부작용을 몰랐을 때 일이다. 그들은 모두 비참하게 죽었다.

　"근데 그 향술 누가 훔쳐 가? 우리 해준일 기억하는 사람 말고는 그냥 돌덩이 같은 거랬잖아."

　"그치. 근데 간혹 그걸 훔치는 덜떨어진 놈들이 있어. 영적인 물건을 알아보는 이들에겐 일시 작용하니까 쓰는 거지. 부작용 무서운 줄도 모르고."

　"부, 부작용? 뭐 어떻게 되는데?"

　"귀신을 봐. 참혹한 외로움 때문에 영혼이 썩다 못해 아예 사라진 악질 귀신들. 어딜 가든 고약한 걔네들과 눈이 마주치게 될 거야. 그러다 결국엔 그들의 숙주가 돼서 영혼이 썩다가 잔인한 고통 속에서 죽게 돼. 어찌나 못 돼먹었는지 만일 운 좋게 산대도 산 게 아닐걸."

　"소름."

　"그니까 왜 남의 향수를 훔치냐고. 것도 내가 만든 명품을 말야."

"조이플. 쓸데없이 나대지 말고 해연이랑 잘 다녀와. 그냥 홀린 걸 수도 있잖아."

둘의 대화를 잠자코 듣고만 있던 두리도 말은 저렇게 해도 뭔가 께름칙했다. 메모리얼 향수 가게 매니저로서 이런 직감은 틀린 적이 없다는 것이 더 께름칙했다.

두리의 직감을 읽은 이플은 마음을 굳게 다잡으며 그들의 길잡이가 되어 줄 초코를 불렀다.

"초코."

우유와 나란히 앉아있던 초코가 우유의 얼굴을 다정하게 핥은 다음 위풍당당하게 이플의 곁으로 와 섰다. 귀여운 둘의 모습에 해연의 마음도 조금 누그러졌다. 초코의 목줄에 리드 줄을 연결한 이플은 떠날 채비를 마쳤다.

"가자, 이해연."

이플을 따라 순순히 나선 해연의 곁을 늠름한 초코가 따랐다. 같은 길을 걸으며 이플은 슬며시 해연의 발을 내려다보았다. 짝짝이 운동화를 신고 있는 작은 해연의 발이 이플의 눈에 오래 들어왔다.

"신발 멋진데?"

"어, 이거 급하게 나오느라…."

부끄러웠던 해연은 번갈아 가며 양쪽 다리 뒤로 짝짝이 발을 숨겼다.

"완전 멋져서 난 원래 그렇게 신는 건 줄 알았어."

이플이 능청을 떨었다.

"진짜?"

"그렇다니까. 쩐다, 쩔어. 저기, 한번 잡아 볼래?"

해연의 눈치를 살핀 이플은 초코의 리드 줄을 자연스레 해연에게 건넸다. 선뜻 리드 줄을 받지 못하고 주춤하던 해연은 초조하게 이플을 쳐다보았고 이플은 "괜찮아. 좋은 녀석이야."라고 말하며 해연을 안심시켰다.

메모리얼 향수 가게의 초코는 일반 개와는 달랐다. 리드 줄을 잡은 사람의 미세한 손 떨림만으로도 그 사람의 마음상태를 기막히게 알아차렸다. 슬프면 위로하고 아프면 도움을 요청하고 기쁘면 제가 더 기쁘게 웃는 멋진 개였다.

초코는 해연이 리드 줄을 잡아 주길 바라며 해연을 올려다보았다. 그 작고 반짝이는 초코의 눈과 마주쳤을 때 해연은 신기하게도 두려움을 잊었다. 괜찮다는 초코의 다정한 목소리가 바람결에 들려오는 듯 했다.

초코와 짧은 교감을 마친 해연은 초코의 리드 줄을 잡고서 이플과 나란히 걸었다.

얼마쯤 걸었을 때 초코의 확신어린 우렁우렁 짖는 소리에 흠칫 놀란 해연이 이플을 쳐다보았다.

월월!

이플은 초코가 짖는 방향을 매섭게 관찰했다.

아이스크림 할인점에서 도서관까지 가는 길 어딘가에서 향수를 잃어버렸다고 했으므로 초코가 짖는 곳은 향수를 잃어버린 곳일 가능성이 컸다. 아니면 도둑맞은 곳이거나.

이플은 후자에 무게를 실었다. 그래서 지금 어느 때보다도 이플의 신경은 사과를 잘라도 될 만큼 바짝 날이 서 있었다. 긴장감을 잠재우려 이플이 숨을 고르던 그때, 작은 카페와 맵기로 소문난 프랜차이즈 떡볶이 가게 사이 골목길을 향해 초코는 더 맹렬하게 짖었다.

월월!

우렁찬 초코의 신호는 인적도 드문 골목을 정신없이 깨우고 있었다. 초코를 따라 미로 같은 골목 안으로 한참을 걸어 들어가자 어스름이 깔린 작은 호수와 예쁘장한 둘레길이 나왔다. 주민들의 산책로로 단장된 둘레 길은 많은 이들이 드나든 흔적이 곳곳에 묻어 있었다. 주위의 냄새를 맡으며 앞장서는 초코를 따랐다. 5분가량 걸으니 자갈길과 흙길로 이루어진 갈림길이 나왔다. 초코는 흙길로 들어섰다.

하얀 몸통의 자작나무가 빽빽이 뿌리를 내린 새벽 숲의 공기는 촉촉함을 넘어서 축축했다. 차원이 다른 곳의 기류가 조금씩 이질감을 조성할 때 즈음 약수터로 가는 안내표지판 반대 방향의 좁은 길에서 컨테이너 찻집을 발견했다. 그곳에서 멈춘 초코는 더욱더 맹렬하게 짖었다.

"여기야."

임무를 완수한 초코의 등을 토닥인 이플은 정신을 모으고 눈을 감았다 다시 떴다. 머지않아 해준의 향수 색이던 쨍한 민트 색의 퍼퓸분자들이 수천 개의 먼지처럼 공기 중을 떠다니며 사정없이 반짝거렸다. 미세한 향을 발산했다. 이플은 오직 제 눈에만 보이는 반짝이는 향을 따라 한발 한발 걸음을 옮겼다.

해연은 살얼음판을 걷는 것처럼 숨죽이며 조심스레 그 뒤를 따랐다. 태풍 전야처럼 고요한 작은 숲속은 앞으로 불어닥칠 광란을 모른 채 태평하게 깊은 단잠에 빠진 것 같았다.

'카페 퍼퓸'

땅에 떨어진 간판을 읽은 이플은 녹슨 초록색 컨테이너를 한 바퀴 둘러보았다. 향긋한 차 냄새는커녕 따듯한 온기도 없는 불온한 컨테이너는 존재자체만으로 소름이 돋았다. 한겨울도 아닌데 살을 에는 냉기가 뻗쳐 나왔다. 이곳만 한겨울의 새벽동굴처럼 을씨년스러웠다. 온갖 불쾌한 냄새가 숨이 막힐 듯 퍼져있었다.

흐허허―

날카롭게 고막을 할퀴는 기분 나쁜 소리가 간간이 들려왔다. 고요한 적막에 휩싸인 컨테이너의 녹슨 벽면에서 음산한 기운이 손님을 맞으러 기척했다. 눈에 보이진 않지만 방문자의 목덜미에 오돌토돌 소름이 돋고 머리카락이 쭈뼛 서는 것이 그들의 인사이다.

겁에 질린 해연이 이플의 팔을 힘주어 잡았다. 이플은 잔뜩 긴장한 해연의 손을 슬며시 잡아 줘었다. 보드랍고 작은 손은 긴장한 탓에 땀으로 젖어 있었다. 이플의 손을 뿌리치지 않은 해연은 용맹한 초코와 의젓한 이플의 보호를 받으며 숨을 죽였다.

이플은 녹슬고 뻑뻑한 문을 열었다. 삐걱대며 시끄럽게 열린 문 안으로 조심히 발을 들였다. 버려진 폐가처럼 오래된 생활용품이 쓰레기처럼 나뒹굴고 있었다. 이플과 해연의 눈에는 아무도 보이질 않는데 초코가 송곳니를 드러내며 낮게 으르렁거렸다. 여기 뭔가 있다는 신호처럼.

가슴이 졸깃해진 해연은 이플의 손을 더 꽉 잡았다. 그때 구석에 고물처럼 서있던 냉장고 뒤에서 웬 사람이 튀어나왔다.

"으아악!"

"꺄악!"

화들짝 놀란 이플과 해연이 동시에 비명을 질렀다.

"날 잡으러 온 귀신인 줄 알았네. 그냥 개새끼랑 애들이네."

"헐. 귀신은 댁이 아니고?"

거짓말 같지만 뭔가 낭만적인

이플은 귀신처럼 생기고 귀신처럼 불쑥 튀어나온 해괴한 이를 노려보았다. 빨간색 얇은 담요를 망토처럼 어깨에 두른 자는 얼굴과 입술이 거무튀튀한데다 영혼이 썩은내가 진동을 했다. 초점 없는 흐릿한 눈으로 식은땀을 흘리고 온몸을 덜덜 떨었다. 얼핏 보면 약물 중독자의 전형적인 모습 같지만 영혼의 향수를 취했을 때 나타나는 증상이다. 생선 썩는 냄새가 그 증거다. 잃어버린 해준의 향수와 연관이 있는 자다. 민트색 퍼퓸분자 가루가 그자의 입술 위에 붙어있었다.

"그쪽이 영혼의 향수를 훔쳤나?"

"허, 난 엄연한 피해자야. 떨어진 신빨 한번 올려보겠다고 영혼의 향순지 뭐니 하는 걸 샀는데 내 꼴을 봐. 그거 쓰고 나서 그나마 있던 잡신까지 다 도망갔어. 겁나 춥고 귀에서 괴상한 소리도 들려. 무서워 죽겠어."

"누구한테서 샀는데?"

"지금 이 상황에 그게 뭐가 중요한데?"

"혹시 누가 알아? 내가 그 추위랑 귀에서 나는 괴상한 소리를 쫓아줄지. 나한테서 무슨 냄새 안나? 잘 맡아봐."

눈을 끔뻑거리며 이플을 바라보던 빨간 망토는 콧구멍을 벌름거리며 이플의 냄새를 맡았다. 반박자 늦게 이플의 신비로운 향을 맡고서는 마른침을 꿀꺽 삼켰다. 이플의 신묘한 체취에서 진한 하늘 물빛 냄새를 맡았기 때문이다.

선수는 선수를 알아보는 법이라고 영을 다루는 이들 사이에선 순도 높은 하늘 물빛 냄새를 진하게 풍길수록 영이 맑고 영험한 불문율이 있었다. 게다가 그 향을 감싸고 있는 수십 가지 향들은 땅에서는 맡을 수 있는 향이 아니었다. 그건 저 하늘의 냄새다. 상황을 인지한 빨간 망토는 시커멓게 말라비틀어진 손등으로 이마의 식은땀을 훔친 다음 다급히 입을 열었다.

"계, 계피향이 나는 여자야. 아, 그리고 점! 인중에 붉은 점이 2개 있었어. 이제 나 좀 살려줘."

"계피향? 인중의 붉은점 2개?"

이플의 무릎이 휘청였다. 덩달아 초코도 끙끙 앓는 소리를 내며 불안하게 꼬리를 흔들었다.

"말도 안 돼…."

길홍주다. 달달한 계피향이 나고, 인중에 2개의 붉은 점이 있는 여자는. 한때는 메모리얼 향수 가게의 조향사였으며 이플에겐 롤모델 같은 존재, 길홍주.

7년이라는 조향사 임기를 채우고 향수 가게에 남을지, 하늘로 올라갈지, 아니면 세상의 일원이 되어 새 인생을 살지, 결정하는 선택의 기로에서 길홍주는 새 인생을 살기로 결정하고 자신을 버렸던 세상으로 당차게 걸어 나갔다. 세상과의 조우가 처음인 것처럼 들뜨고 패기 넘치는 모습으로 미련 없이 향수 가게를 떠났다.

그런 길홍주가 메모리얼 향수 가게 뒤통수를 치는 일을 하고 있을 줄이야. 건설적이고 멋진 일을 하며 그림처럼 살고 있을 줄 알았던 이플은 크게 상심했다.

이플이나 길홍주나 영혼의 조향사들의 공통점은 태어난 것이 후회될 만큼 말도 안 되게 처참한 생을 살았다는 점이었는데, 징글징글한 그 세상 속으로 다시 걸어 들어간다는 것 자체가 모험이고 도전이었기에 이플은 그런 홍주가 멋져보였었다.

-까짓것 내가 더 잘 살아 줄 거야. 이 누나가 길 닦아놓고 있을 테니까, 너도 7년 채우면 세상으로 나와. 겁쟁이 진 여사처럼 향수 가게 굳은살 되지 말고. 오케이?

위풍당당하게 큰소리치던 홍주의 모습이 이플의 눈에 선연했다.

"괜찮아?"

영문을 모르는 해연은 넋 나간 사람처럼 서 있는 이플의 어깨를 살포시 붙잡았다. 초코는 이플의 늘어진 손을 위로하듯 핥아 주었다.

희미하게 퍼져드는 갑작스런 계피 향에 이플은 정신을 차리고 후다닥 달려 나갔다. 코를 씰룩이던 초코도 덩달아 달려 나갔다. 그 뒤를 해연과 빨간 망토가 쫓았다. 문밖으로 달려

나갔을 때 서둘러 도망치는 여자의 뒷모습이 보였다.

"홍주 누나!"

이플의 목소리를 들은 홍주가 멈춰 섰다. 홍주의 뒤통수를 향해 빨간 망토가 게거품을 물고 악을 썼다.

"야이 돌팔이 같은 년아! 내 몸 돌려놔! 내 돈 내놔!"

단발의 발악을 끝낸 빨간 망토는 그대로 바닥에 꼬꾸라졌다.

"정말 누나가 훔친 거야? 영혼의 향수를?"

뒤돌아선 홍주가 이플을 당당히 쳐다보았다.

"어, 내가 훔쳤어."

"왜?"

"영험해지고 싶어서. 그럼 이 엿 같은 세상 살기가 쉬워질 테니까."

"그렇다고 향술 훔쳐? 그게 어떤 건지 알면서?"

"그래 아니까. 진귀한 하늘의 보물 같은 거니까 훔쳤어."

"누나⋯."

"조이플. 그런 눈으로 보지 마. 나도 처음부터 이러고 산 건 아니니까. 세상에는 못돼 처먹은 인간들이 너무 많아. 차라리 귀신들이 더 착해. 입만 열면 구라에 자랑에 의지할 곳 없이 혼자인 날 철저하게 이용해 먹었어. 그런 버러지들에게 복수하려고 영혼의 향수로 장난 좀 쳤어. 그게 뭐가 나쁜데?"

"조향사 임기 끝나고 받은 퇴직금은 어쨌어? 그거면 제대로 살 수 있잖아."

메모리얼 향수 가게의 퇴직금은 제법 괜찮았다. 세상에 정착할 수 있는 5년간의 생활자금과 힘들거나 곤란한 상황이 발생했을 시 도움을 요청할 수 있는 '전능버튼' 3개를 받았다. 그 버튼을 누르면 조력자가 그 어디서라도 나타나서 그 어떤 상황일지라도 속 시원히 해결해주었다. 그 엄청난 배네핏을 받고도 이 꼴로 나타나다니 이플의 머리로는 도무지 이해되지 않았다.

"돈은 다 썼고 전능버튼은 팔았어."

"누나 진짜 개 빡친다. 차라리 다시 돌아오지 그랬어?"

"어떻게 그래? 실패했다는 걸 인정하는 건데."

"그러면 왜 안 되는데?"

"쪽팔리잖아."

"쪽팔리는 게 이렇게 사는 것 보다 나아? 누나는 향수 가게 조향사였던 사람이 것도 몰라? '잘' 사는 게 어떤 의미인지 우린 누구보다 잘 알아야 하잖아. 두 번째 얻은 삶이니까."

이플은 목구멍을 타고 술술 나오는 청산유수에 깜짝 놀랐다. 어쩌면 이플의 진심인지도 몰랐다. 이플은 메모리얼 향수 가게에서 수많은 영혼들을 만나고 그들의 삶의 향기를 맡으면서, 인간의 삶이란 저마다의 사연과 추억이 얽히고 쌓여

메모리얼 향수 가게

영화롭게 빛난다는 것을 얼핏 깨닫고 있었다.

어느 것 하나 빛나지 않는 삶이 없다는 것도. 삶을 더 열렬히 살았을 때 향도 더 깊고 그윽하다는 것을 번뜩 깨닫는 중이었다.

"꼰대 같은 소리 하고 있네."

"됐고. 얼른 내놔."

"이거 말야?"

홍주는 민트 색으로 빛나는 해준의 반쪽짜리 향수를 주머니에서 꺼내 보였다. 반은 저기 자빠져 있는 빨간 망토에게 팔았겠지.

"어!"

동생의 향수를 알아본 해연이 반가움에 손을 뻗었다. 해연을 알아본 홍주가 해연을 향해 몸을 틀었다.

"예쁜 언니. 이걸 주면 뭘 줄 건데?"

꽁꽁 얼어붙은 해연이 울상이 되자 보다 못한 이플이 해연의 방패처럼 서서 언성을 높였다.

"그만하면 됐어. 돌려줘!"

"아하, 소중하구나. 너한테 이 예쁜 언니가. 그럼 더 못 주겠는데."

음흉한 웃음을 짓던 홍주는 민트색으로 빛나는 해준의 향수를 꿀꺽 삼켜버렸다.

"누나 미쳤어!"

이플의 무릎이 또 한 번 휘청했다. 영혼의 향수를 직접 조향하던 조향사가 어린 영혼의 향수를 먹다니. 지금 당장 열두 방의 번개를 채찍처럼 얻어맞아도 이상할 일이 아니었다. 길홍주는 선을 넘었다.

"아악! 해준아! 안 돼!"

소스라치게 놀란 해연이 입을 틀어막았다. 동생의 향수를 먹다니. 살아있는 동생을 삼킨 것처럼 오장육부가 뒤집혔다. 널뛰는 심장박동 때문에 해연은 가슴을 움켜쥐었다.

"미쳐도 괜찮아. 두고 봐. 난 특별하니까 영험해질 거야. 반드시 너보다 더 특별해질 테니까."

말과는 달리 눈을 까뒤집던 홍주는 가슴을 쥐어뜯듯 끌어안고 괴로워했다.

"벌써 시작된 것 같은데. 무지 아플 거야."

"웃기지마. 난 괜찮을 거야. 너한테서 나는 신비로운 그 향이 나한테서도 곧 나게 될 거야. 난 반드시 돌아와."

힘겹게 숨을 겨우 내쉬던 홍주는 이플을 암상스레 노려보며 서서히 무너졌다. 길홍주의 위풍당당했던 어깨를 구정물 색의 그리움이 짓누르는 것을 목도한 이플은 안타까움에 한숨을 내쉬었다. 세상의 모든 악질 그리움들이 홍주를 쫓아 달려오는 것이 느껴졌다. 기생할 숙주를 찾아 산 넘고 물 건너 그녀의 머리카락 개수보다 더 많이 기하급수적으로 늘어날 것이었다.

그것들에 잠식당한 홍주에게 잠이란 사치이며 생각이란 것은 꿈도 못 꿀 터였다. 피도 눈물도 온기도 감정도 없는 악질 그리움의 실체는 상상을 훌쩍 뛰어넘어 참혹했다. 그 사람의 약점을 움켜쥐고 그것을 중점적으로 공격했다. 사람을 제대로 병들게 하고 웬만한 바이러스보다 악독하고 마땅한 약도 없었다. 그것을 빠삭하게 알고 있는 이플은 그저 안타까울 따름이었다.

만신창이 된 몸으로 길홍주는 떠났다. 붙잡을 마음도, 삼켜버린 향수를 꺼낼 방법도 없던 이플은 한때 자신의 꿈이었던 사람을 그렇게 떠나보냈다. 작별 인사도 하고 싶지 않았다.

이플에게 늘 열등감을 느꼈던 홍주의 검은 욕망은 결국 어린 영혼의 향수를 희생시키는 걸로 끝맺었다.

"난 언, 언제 사, 살, 살려 줄 건데?"

바닥에 납작하게 널브러진 빨간 망토가 오들오들 떨며 이플에게 구원의 손길을 청했다. 약속은 약속이라 이플은 빨간 망토의 손을 잡아 온갖 잡령들과 악성 그리움을 불러내 단번에 태워 버렸다.

빨간 망토를 치유한 이플은 해연과 초코를 데리고 무거운 발걸음을 돌렸다. 마지막으로 봤던 길홍주의 무너지는 모습이 한동안 그림자처럼 그를 따라다녔다. 길홍주는 처절한 외로움 속에서 신음하다 아까운 생을 마감할 터였다.

이플은 한동안 침묵했다. 아무것도 못하고 돌아온 무능함에 화도 나고, 자신의 롤모델이 형편없이 무너진 모습에 엄청난 충격도 받았다. 사실 이플은 아기자기한 계획을 촘촘히 짜는 중이었다. 조향사의 임기가 끝나면 길홍주처럼 당당히 세상 속으로 뛰어들어 다시 주어진 삶을 기막히게 한번 살아보고 싶었다. 자신했으나 길홍주의 그 꼴을 보자 이플은 두려워졌다. 잊고 있었다. 세상은 만만치 않는 곳임을. 쓰나미처럼 몰려온 현타에 팽팽했던 자신감이 움찔 쪼그라들었다.

걱정스러움에 올려다보는 초코의 눈빛을 받고서야 이플은 옆에 있는 해연의 상태가 더 신경 쓰였다.

"해준이한테 뭐라 말하지. 녀석 실망할 텐데… 미안해."

"아냐. 난 괜찮아. 네가 만들어 준 향수 덕분에 미칠 것 같은 마음은 사라졌으니까. 정말 괴롭고 죽고 싶었었는데… 네 향수 덕분에 거짓말처럼 괜찮아졌잖아. 해준이도 아마 이해할 거야. 그니까 너무 자책하진 마. 그 언니가 훔쳐 갈 동안 몰랐던 건 나니까."

"그래도…."

"울 해준이는 거기서 잘 지내지?"

메모리얼 향수 가게

의연하게 화제를 전환한 해연의 뒤로 막 잠을 깬 아침 햇살이 호수를 간지럽혔다. 어찌나 반짝이는지 천사 같은 해연의 후광처럼 눈부시게 빛났다. 이플의 맥박이 좀 전보다 빠르게 뛰었다. 곤란하게 귓불까지 후끈 달아올랐다.

"말해 뭐해. 그 녀석은 천국에서도 까불어. 산만하고 시끄럽다고 소문이 자자해. 너희 부모님도 고개를 절레절레 흔들더라."

"울 가족들 잘 지내겠지…."

들려오는 해연의 목소리가 겨울바람처럼 차고 쓸쓸했다. 속상함이 초여름 하루살이처럼 들끓던 이플은 불편하고 거추장스러운 그 감정을 쫓으며 호수의 윤슬처럼 빛나는 해연의 두 눈을 바라보았다. 그때 해연이 서글픈 한숨을 내쉬었는데 해연의 날개뼈 위로 진분홍 보랏빛의 고운 그리움이 숨겨 둔 날개처럼 돋아났다. 이플은 해연이 날개를 숨긴 채 땅에서 살아가는 천사처럼 보였다. 환상 그 자체였다.

"오늘따라 껌딱지처럼 귀에 착착 붙던 엄마 잔소리가 그립네."

환상 속을 뛰쳐나온 해연이 먼 하늘을 응시하며 말했다.

"뭐? 잔소리가 그립다고?"

듣기 싫은 그 소리가 어떻게 그리울 수가 있지? 이플은 진 여사가 귀에 피나도록 쏘아 대는 잔소리를 떠올렸다.

"당연히 그립지. 날 사랑해서 그랬던 거니까. 그땐 듣기 싫어 미치겠더니 이제는 알겠어. 그게 다 날 아껴서 그랬다는 걸. 울 해준이한테도 내가 똑같이 그랬거든. 깜깜한데서 핸드폰 보지 마라, 일찍 자라, 밥은 꼭꼭 씹어 먹어라, 단 것 좀 그만 먹어라, 왜 고기만 쏙쏙 골라 먹냐 야채도 같이 먹어야지 …. 듣기 싫던 그 소리들이 걱정스러워서, 날 너무 사랑해서 그랬다는 걸 이제 난 알거든."

해연의 말을 따라가다 보니 대다수가 귀에 익은 문장들이었다. 진 여사의 입에서 늘상 살다시피 하는 구린 말들이라고 생각했는데. 날 사랑해서 그랬다고?? 팽팽하게 부풀어 오른 이플의 가슴에 아리송한 물음표가 쌍으로 찍혔다.

"나만 남았어."

먼 곳을 응시하던 예쁜 해연이 미운 한숨 한 덩이를 더 내뱉었다.

"이해연."

해연이 이플의 얼굴을 올려다보았다. 해연의 새카만 눈동자가 그렁그렁 고인 눈물 때문에 소금처럼 반짝반짝 빛났다.

"응?"

"나도 혼자야. 아무도 없어."

"너도?"

"어, 난 태어날 때부터 혼자였어. 난 부모님 얼굴도 몰라. 태

메모리얼 향수 가게

어날 때부터 버려졌으니까."

어느 수녀원 앞에 버려진 이플은 분홍색 고구마처럼 흔해 빠진 택배 상자에 담겨있었다. 예쁜 분홍색이 아닌 붉은색이 도는 불안한 분홍. 뭔가 잘못될 것 같은 그 색이 할리퀸 어린 선이란 희귀병을 안고 태어난 이플의 피부색이었다. 각질이 과도하게 빨리 자라 생선비늘 같은 각질을 안고 살아야 하는 희귀병. 보는 사람들의 심장을 곤욕스럽게 만드는 이플의 외향은 쉽게 품을 수 있는 정도가 아니었다. 심각했다.

수녀원의 새벽기도 시간이 없었다면 이플은 택배 상자 안에서 심장마비나 호흡곤란으로 쓸쓸히 생을 마감했을 거라 누군가는 회고했다.

"어, 미안해."

"뭐가?"

"그냥. 미안해…."

"미안해할 거 없어. 덕분에 내겐 엄마가 넷이나 있었거든."

수녀원에서 운영하는 아동양육시설에서 자란 이플은 총 4명의 수녀 엄마를 두었다. 결혼도 안 해 보고 출산 경험도 전무한 엄마들은 상상을 초월하는 헌신과 사랑으로 이플을 키웠고, 6개월을 넘기기 힘들다던 의사들의 진단을 가뿐히 뭉개버린 채 이플은 살아남았다.

"넷? 엄마만?"

"어. 김 라자로, 조 미카엘라, 최 소아데레사, 이 유스티나. 정확히 말하면 우리들의 공동 엄마였지. 뭐든 함께 나눠야 했어, 온기도 품도."

쓸쓸함을 숨기려는 이플의 담백한 미소가 서슴없이 그의 입가에 피어났다. 분홍빛 하트모양이 되는 도톰한 저 입매가 딱 맘에 든다고 해연은 생각했다. 이만큼 가까이 있을 때면 더 강하게 뿜뿜하는 이플의 기분 좋은 향도 숨 막히게 근사했다.

"너한테서 좋은 냄새 나. 무지 기분이 좋아져. 넌 좋은 냄새만큼 좋은 애야. 그렇게 느껴져."

깜빡이도 없이 훅 들어온 해연의 칭찬에 이플의 죄 없는 귓불이 또다시 붉게 불타올랐다. 그 모습을 지켜보던 초코가 입을 헤벌쭉 벌리며 실실거렸다. 해연도 따라 빙긋 웃었다. 이플은 달달하고 말랑말랑한 이 순간을 그냥 흘려보내고 싶지 않았다.

"너도 좋은 애야. 저기, 있잖아. 가끔 혼자라는 생각이 들거나 심심할 때 날 찾아와."

"어떻게? 넌 아무 때나 만날 수 없잖아."

"다 방법이 있지."

이플은 바지 주머니에서 포장이 컬러풀한 복숭아 맛 풍선껌을 해연의 손에 쥐어 주었다. 그저 손에 쥐기만 했는데도 달콤한 복숭아 맛이 입안에서 느껴질 정도로 복숭아향이 진했다.

"내가 만든 껌이야. 일반 풍선껌에다가 나만의 레시피를 첨가했지. 그니까 이건 세상에 하나뿐인 풍선껌이야. 내 생각을 하면서 씹다가 크게 풍선을 만들어. 그럼, 그 풍선이 터지기 전에 네 앞에 나타날게."

"풍선이 터지기 전에… 거짓말 같지만 뭔가 낭만적이야…."

해연은 말없이 풍선껌의 개수를 세었다. 하나, 둘, 셋, 넷, 다섯. 슬며시 미소 짓고는 후드집업 안쪽 주머니에 넣고 지퍼를 단단히 채웠다.

지퍼가 잘 채워졌나 한 번 더 확인하는 해연을 보며 이플은 살포시 웃으며 초코의 머리를 쓰다듬었다.

어둠을 밀어낸 아침처럼 이플과 해연의 어두운 가슴에도 찬란한 여명이 밝았다. 서쪽 하늘에서 기분 좋은 바람이 날아들자 이플의 신비로운 향이 해연의 가슴 깊숙이 파고들었다. 해연은 전에 없던 평안함을 느꼈다. 더는 외롭지 않았다.

5.

잃어버린
8년의 그리움

바람에 나뒹굴던 노란 은행잎이 세정의 발밑에 떨어졌다. 제 몸을 떨궈 가며 가을이 왔음을 알리는 빛바랜 은행잎의 헌신을 세정은 볼 수 없었다. 그렇게도 좋아했던 향긋한 봄꽃도, 새하얀 눈에 파묻힌 고즈넉한 세상도 세정은 볼 수 없었다. 8년 전 아들을 잃어버린 후 눈이 멀어 버렸다. 누군가 아들을 데려간 그날부로 세정의 삶은 막을 내렸다.

　자식 하나 지키지 못한 어미가 살아서 무얼 할까. 몇 번이나 죽으려고 했으나 그럴 때마다 어딘가 아들이 살아있을지도 모른다는 막연한 희망 때문에 생을 끈질기게 붙들고 있었다. 오직 아들을 다시 찾으리라는 희망 하나로 여태껏 버텼다.

　지옥 속에서 몸부림 친지도 벌써 8년이 흘렀다. 이젠 너무 지쳐 버렸다. 더 이상 견딜힘이 남아있지 않았다. 세정은 달려오는 첫 번째 차에 몸을 던질 심상으로 위험천만한 도로에

잃어버린 8년의 그리움　　　　　　　　　　　　　　　　113

아슬아슬 발을 걸치고 있었다.

마지막이라 생각하고 숨을 크게 들이쉬어 지상의 공기를 마셨다. 아들을 잃은 암흑뿐인 이승에서의 삶은 무의미해진 지 오래라 미련 없이 떠나 주리라 마음먹었다. 그런데 세정이 발을 떼려던 그 찰나에 어떤 일이 일어났다. 마땅히 암흑이어야 할 눈앞에 빛이 번쩍했다. 소스라치게 놀란 세정은 한발 뒤로 물러섰다.

그리고 세상 끝에서 들려오는 온유한 목소리로 누군가 그녀를 불렀다.

"세정아."

세정은 숨을 죽였다.

"세정아."

다시 들려온 그 소리는 여린 햇살 같은 온기를 품은 가느다란 바람처럼 세정의 마음을 간질였다. 참을 수 없을 만큼 콧잔등이 시큰거렸다. 아주 오래전에 들었지만 결코 잊지 못할 그 목소리는 23년 전 암으로 세상을 떠난 엄마의 목소리였다.

"엄…마?"

"그래, 엄마야."

"엄마! 엄마! 으흐흑 엄마!"

오래전 명치에 묻었던 엄마라는 단어가 사레처럼 튀어나왔다. 세정은 어린아이처럼 발을 동동 굴리며 울먹였다.

"엄마…우리 선우가, 선우가 없어졌어. 너무 보고 싶은데… 근데 이젠 찾아도 눈이 멀어서 볼 수가 없어. 엄마, 나 눈이 안 보여. 그래서 우리 선우를 찾을 수 없나 봐. 나 너무 힘들어… 그만 끝내고 싶어."

"우리 딸 많이 힘들지? 엄마가 다 안다. 네가 얼마나 힘들지 … 살아도 사는 게 아닌 거 엄마는 안다. 하지만 세정아, 그래 도 살아야 해. 힘들어도, 눈이 멀어도, 넌 엄마니까. 악착같이 살아서 선우 찾아야지."

"엄마…."

"엄마는 널 지키지 못했지만 넌 꼭 선우를 지켜야 해."

엄마의 목소리는 아스라이 사라졌다. 지독한 병마와 끈질 기게 싸우던 엄마의 야윈 모습이 세정의 가슴속에 나직이 내 려앉았다. 엉망으로 울먹이던 세정이 가슴을 퉁퉁 내리치던 그때, 한시도 잊은 적 없는 선우의 냄새가 나비처럼 날아들 었다. 분명 선우에게서 나던 향이다.

"선우야…."

또다시 밝은 빛이 번쩍했다. 정신이 번득 든 세정은 캄캄한 어둠 속을 밝히는 밝은 빛을 똑바로 바라보았다. 따스하고 반 짝이는 빛은 어딘가를 향해 날았다. 선우의 냄새도 그 빛을 뒤따랐다. 암흑뿐인 세정의 세상에서 유일하게 반짝이는 빛 은 세정을 부르는 아들의 손짓처럼 느껴졌다. 세정은 가방에서 흰 지팡이를 꺼내 펼쳤다. 엄마의 당부를 되뇌며 한발 한 발 그 빛을 따랐다.

심장에서는 계속해서 열이 나고 눈에서는 눈물이 끝없이 쏟아졌다. 아들의 목소리가 가슴속에서 메아리치는 듯했다. 죽었던 심장이 펌프질을 해댔다. 무섭지도 두렵지도 않았다. 땀나도록 빛을 쫓았다.

점멸하며 반짝이던 빛이 멈춘 곳에서 세정도 멈추었다. 여기가 어딜까? 백색소음조차도 들리지 않는 곳은 쥐 죽은 듯이 고요했다. 미세하게 공기도 달랐다. 세정은 손을 뻗어 주위를 더듬거렸다. 손끝에 단단하고 따뜻한 벽이 만져졌다. 더 가까이 다가간 세정은 너무도 신비로운 향이 날아드는 통에 황홀함에 빠져버렸다. 콕 집어 말할 수 없는 수백 가지의 향이 폴짝폴짝 살아 움직이는 듯 했다. 다채로운 그 향 위로 선우의 냄새가 비집고 들어왔다.

"선우야!"

심장을 마비시키는 선우의 체취 때문에 아무것도 할 수 없던 세정은 애가 타서 가슴을 움켜쥐었다. 짙은 그리움의 눈물이 뚝뚝 흘렀다.

"거기 아무도 없어요? 도와주세요! 우리 선우가 여기 있는 것 같아요… 으흐흑… 제발 도와줘요… 흐흑….."

세정은 털썩 주저앉아 울먹였다.

메모리얼 향수 가게

덜컥, 문이 열리는 소리가 세정의 귓가에 파고들었다.

눈물을 닦으며 일어난 세정은 흰 지팡이를 짚으며 문 안으로 조심히 발을 들였다. 지옥으로 가는 입구라 해도, 아찔한 낭떠러지 끝이라 해도, 세정은 열린 문 안으로 들어가야 했다.

두리와 이플은 시각장애인용 흰 지팡이를 짚고서 멀거니 서 있는 돌발고객을 바라봤다. 어느 영혼이 길잡이가 되어 이곳으로 데려온 듯 했다. 돌발고객의 몸 곳곳에 영혼의 반짝이가 묻어 있었다. 메모리얼 향수 가게의 입장표를 받지 못한 영혼일 터였다. 저 영혼은 이제 왔던 곳으로 되돌아가지 못할 것이었다. 저렇게 반짝이다 흔적도 없이 사라지고 말겠지.

명멸하던 영혼의 반짝이는 마지막 에너지를 발산하듯 휘황하게 빛나며 고객을 부드럽게 껴안았다. 어렴풋이 드러난 영혼의 이미지는 고객의 눈과 코를 쏙 빼닮아 있었다. 탯줄로 연결된, 죽어서도 끊어지지 않는, 아, 고객의 엄마였다. 물거품처럼 톡 터져 사라진 영혼의 오만가지 향들을 맡으며 이플과 두리는 밀려오는 숙연함에 고개를 푹 숙였다.

영혼의 희생이 헛되지 않도록 돌발고객의 그리움을 반드시 해결해야했다.

딱 봐도 고객의 상태가 심각했다. 불길한 멍처럼 시커먼 검보라빛 악질 그리움이 독수리의 날개처럼 그녀의 등 뒤에 찰

싹 들러붙어 있었다. 위태위태한 낭떠러지 끝에 선 고객의 모습은 지금 당장 죽어도 이상하지 않을 것처럼 위험해 보였다.

지독한 외로움도 느꼈다. 부스스한 머리와 얼룩지고 구겨진 옷차림은 눈먼 고객을 돌봐줄 이가 없음을 짐작할 수 있었다. 안쓰러움을 삼킨 두리는 세정에게 다가갔다.

"잘 왔어요. 우선 좀 앉을까요? 놀라지 마세요. 손잡을게요."

세정의 손을 잡은 두리는 앉기만 해도 마음이 놓이는 보라색 폭신한 소파에 세정을 앉혔다.

"여긴 뭐 하는 곳인가요? 어떤 빛을 따라왔는데, 우리 아이 냄새가 많이 났어요."

후들후들 떨리는 손을 무릎에 놓은 세정은 차분히 말하려 노력했다. 낯선 곳 낯선 사람이지만 적의가 느껴지지 않았다. 목소리에서 풍기는 이미지가 푸근하고 친절했다. 그리고 여전히 맴도는 신비로운 향 때문에 세정은 선우를 잃은 후 처음으로 평안함을 느꼈다.

"영혼의 향수 가게예요."

세정은 '영혼'이라는 단어에서 와르르 무너져 내렸다.

"하… 그럼… 우리 선우가… 죽었다는 말이군요…."

숨이 끊어질 듯 힘겹게 세정은 대답했다. 마지막 남은 그녀의 영혼마저 산산조각 나는 소리가 생생히 들렸다. 숨을 낮게 헐떡이던 세정의 얼굴이 핏기 하나 없이 파리해졌다. 조각조각 난 그녀의 날카로운 심장이 이플의 가슴을 아프게 찔렀다. 세정의 영혼을 장악하고 있던 악성 그리움이 검은 불꽃처럼 피어오르더니 세정의 목을 잽싸게 휘감아 조였다.

쿵!

세정이 쓰러졌다. 실내를 울리는 커다란 소리에 늘어지게 낮잠 자던 초코와 우유도 화들짝 놀라 고개를 들었다.

"엄마야!"

두리가 재빨리 쓰러진 세정의 곁으로 달려갔다.

"헐!"

이플도 움직였다. 세정의 상태를 살핀 두리는 이플에게 재촉했다.

"기절했어. 뭐하고 있어! 얼른 추적해."

"매개체가 없잖아. 영혼을 찾을 뭔가가 있어야지."

이플의 말을 들은 두리는 실례를 무릅쓰고 세정의 가방을 뒤적였다. 가방 안쪽 주머니에서 잃어버린 아들의 것으로 보이는 미끄럼방지가 붙은 앙증맞은 양말 한짝이 보였다.

먹먹해진 마음을 다잡은 두리는 이플에게 양말을 건넸다. 조막만한 양말을 손에 쥔 이플은 선우의 영혼을 재빨리 추적했다. 한시가 급한데 아무리 집중해도 영혼의 코빼기도 보이지 않았다. 접점이 없었다. 그들이 보내는 특유의 주파수도 잡히지 않았다. 당황한 이플은 금세 본능적으로 깨달았다. 고객의 아이는 영혼이 아니었다. 살아 있었다!

"살아 있어! 선우는 영혼이 아니야!"

격정에 찬 어조로 이플이 외쳤다.

"확실해?"

"백퍼. 선우의 숨은 산자의 숨이야. 리듬이 달라."

"휴, 천만다행이네. 선우 엄마 일어나요. 아들 살아있대요."

세정의 머리맡에 무릎을 꿇고 앉은 두리는 간절히 기도했다. 세정이 그토록 그리던 아들을 만나기를.

잠시 골몰하던 이플은 세정의 곁에 쪼그리고 앉았다. 그의 만능주머니에서 터키색과 코발트블루가 마블링처럼 선명한 곰돌이 모양 젤리를 꺼내 세정의 입속에 쏘옥 밀어 넣었다. 육체와 영혼을 말끔하게 분리할 '생령젤리'였다. 눈 깜빡할 새 생령을 깨우는 젤리는 세정의 혼을 깔끔하게 분리할 터였다.

막힘없이 생령젤리를 쓰는 이플을 보며 두리는 하루가 달리 성장하는 이플이 대견스러웠다.

"하나, 둘, 셋!"

이플의 카운트타운이 끝나자 세정의 생령이 발딱 일어났다. 쓰러져있는 자신의 외피를 본 세정은 끔쩍 놀라다가, 자신이 볼 수 있다는 것에 한 번 더 놀랐다.

"앞이 보여요. 어떻게 이럴 수 있죠?"

"생령상태니까요."

두리가 답했다.

"그럼 지금 당장 우리 선우를 찾으러 가야겠어요."

세정은 혼절했을 때 들었던 이플의 목소리를 간절하게 붙들고 있었다. 살아있다는, 세상 가장 고마운 말. 한줄기 희망을 붙든 세정은 이 기회를 절대 놓치고 싶지 않았다.

세상 어딘가에 아들이 살아 있을 것 같던 막연한 바람이 현실이 되는 듯했다. 모두들 죽었을 거라 숙덕거렸지만 세정은 믿지 않았다. 거짓말같이 선우가 느껴졌다. 볼 수 있는 것이 모두 사라지자 오직 아이만 보였다. 아이의 웃음소리가 들리고, 잠결에서도 아이의 숨결을 느꼈다. 손끝이 닿지 않는 어딘가에 살고 있을 것 같았다. 그러나 막연한 희망은 8년이란 적지 않은 시간 동안 세정을 희망 고문했고 그 결과는 참담했다. 삶을 놓고 싶게 만들었으니까.

"어디에 있나요? 우리 선우!"

세정은 이플을 바라보며 두 주먹을 불끈 쥐었다. 잃어버린 아들을 찾으려는 엄마의 강인한 에너지가 향수 가게 지붕을 뚫고 용맹하게 치솟았다. 이플은 하늘도 찌를 듯한 세정의 강한 의지에 찬물을 끼얹고 싶진 않았다.

"글쎄요. 정확히 저도 모르지만…. 영혼이 아닌 건 확신해요. 그래서 고객님을 깨운 거고요."

"무슨 방법이 있군요! 그죠? 우리 선우 찾을 수 있죠?"

"그게, 있긴 한데…. 저도 처음 시도하는 거라, 잘 될진 모르겠어요."

우물쭈물 자신 없어하는 이플의 곁에 든든한 두리가 섰다.

"걱정 마세요. 잘 될 거예요. 우리 조향사는 못하는 게 없거든요. 천재예요, 천재."

스리슬쩍 윙크하는 두리의 응원에 이플은 뭐든 할 수 있을 것 같은 초인적인 힘이 솟는 걸 느꼈다.

"오케이. 저만 믿으세요. 전 메모리얼 향수 가게 조향사니까요."

자신감 넘치는 이플의 말 한마디가 세정의 막연했던 희망을 보다 구체적으로 변화시키고 있었다. 잃어버린 아들을 반드시 품에 안으리라는 확신으로 단단히 굳혀갔다.

"네. 꼭 찾을 거라 믿어요! 뭐든 무조건 해요."

활기 넘치는 세정의 생령에게 이플이 손을 내밀었다. 세정은 희고 빛나는 이플의 손을 맞잡았다. 기분 좋은 냄새가 세정의 코 안으로 들이쳤다. 이 미소년이 세정에게 황홀경을 안겨 준 신비로운 향의 주인이라는 걸 세정은 이제야 눈치챘다. 마음이 말도 못하게 편안해졌다.

이플은 그 어느 때보다도 느낌이 좋았다. 긍정적인 호르몬의 분비로 수십억 개에 달하는 이플의 뇌 신경세포가 폭발적으로 활성화중인 지금이야말로 제대로 된 창의력을 발휘할 때이다. 뭐든 가능했다.

이플은 세정의 문제성 그리움을 이용해 선우를 찾아 보기로 했다. 이론으로만 접했던 방법이지만 무조건 가능하리라 믿었다. 이플은 암덩이처럼 들러붙은 악성 그리움을 불러 내는데 주력했다. 생각보다 세정의 영혼 깊숙이 침투한 그것이 세정의 마음의 눈도 가렸다. 이플은 그리움 때문에 눈까지 먼 이 가여운 엄마를 어느덧 응원하고 있었다. 영혼이 된 모친의 희생으로 이곳까지 온 세정을 위해 최선을 다하고 싶었다.

머지않아 세정이 선우를 잃고 고통 속에 갇혔던 수많은 날들이 플래시백으로 보였다. 그날그날의 아픔 하나하나에 생성된 그리움들이 얽히고설켜 세정의 영혼을 옭아매고 있었다. 이플이 실마리를 찾아 잡아당기자 복잡하게 얽혔던 악성 그리움들이 세정의 몸 밖으로 앞 다퉈 퍼져 나와 천장 위로 몰려들었다. 됐어. 이플이 미소지었다.

동시에 천장을 올려다보던 두리와 이플을 따라 세정의 시선도 천장으로 향했지만 그녀의 눈에는 아름드리 샹들리에 외에는 딱히 다른 게 보이지 않았다.

이플과 눈짓을 주고받던 두리는 재빨리 큼직한 노란색 삼각형버튼을 눌렀다. 그러자 세모 모양 천장이 삐걱대는 소리와 함께 하늘을 향해 활짝 열렸다. 뻥 뚫린 광활한 하늘을 향해 오랜 세월 응축된 세정의 그리움 덩어리들이 앓던 이처럼 속 시원히 빠져나갔다. 모습은 흡사 안개 같았지만 스피드는 제트기처럼 재빨랐다. 그렇게 빠져나간 아들을 향한 세정의 묵은 그리움은 곧 그리움의 우박이 되어 떨어졌다.

우두두둑.

거리 곳곳에 떨어진 우박을 피하려 사람들이 우왕좌왕 급히 움직였다. 땅에 떨어진 크고 작은 우박은 자연스레 녹았다. 그리고 수 분 후, 어느 한 지점이 환상적인 보랏빛으로 물들기 시작했다. 표적 그리움처럼 그리움의 대상을 찾아 그 일대의 색을 바꾸는 작업이 성공한 것이다. 눈을 감은 채 그것을 찰관하던 이플이 번쩍 눈을 떴다.

"찾았다! 헤이, 초코!"

마침 몸이 근질근질했던 초코는 신이나 단숨에 달려왔다. 태평하게 제 발을 핥던 우유의 얼굴을 크게 핥는 애정표현도 잊지 않았다.

어머머, 고객도 있는데 이러면 어뜩해~.

새침하게 혀를 날름거리던 우유는 두리의 옆으로 가 새초롬히 앉았다.

"초코야. 꼭 형아 찾고 와."

넵! 초코 is 먼들. 다녀오겠습다.

까만 심연을 품은 초코의 눈이 모처럼 생기 있게 빛났다. 이번에는 초코의 역할이 어느 때보다도 중요했다. 초코도 그걸 알았다.

"이 녀석과 가세요. 선우의 냄새를 쫓을 거예요. 다만 초코는 선우의 눈에 보이지만 고객님은 보이지 않아요. 지금 생령 상태니까요. 괜찮겠어요?"

두리의 말을 가슴에 새긴 세정은 거침없이 고개를 끄덕였다. 그녀가 뿜어 내는 결의가 얼마나 단단한지 메모리얼 향수 가게의 지붕으로도 쓸 수 있을 것 같았다.

"그럼요. 우리 선우를 볼 수 있다면야 아무 상관없어요. 우리 선우… 얼굴 한번 보는 것만으로도 전….'"

"그럼 가세요."

이플이 곧장 대답했고, 두리도 초코의 등을 두드렸다.

"초코 가!"

신호를 받아들인 초코는 씩씩한 네발을 달려 문을 박찼다. 초코의 뒤를 따르는 세정의 다리가 미세하게 떨렸다. 이상했다. 분명 조금 전 걸어 들어왔던 문인 듯 한데 좀 전과는 생판 다른 곳에 서 있었다. 전혀 다르지만 낯설지만은 않은 곳. 세정이 두 발 딛고 선 곳은 젊은 시절 워킹홀리데이를 보냈던 캐나다의 밴프라는 작은 도심이었다. 잊을래야 잊을 수 없는, 그곳은 선우를 잉태한 특별한 곳이었다.

결혼을 약속한 사이는 아니었지만 뜨겁게 사랑했고, 가슴 시린 이별 후에 임신한 걸 알았다. 요란한 입덧으로 자신의 존재를 알리는 아이를 차마 저버릴 수 없어 홀로 아이를 낳았다. 그 선택으로 미혼모라는 검은 딱지를 가슴에 달게 되었다.

잊고 살았던 그때의 추억들이 바람결에 실려와 세정의 가슴으로 와락 달려들었다. 쪼그라든 폐를 한가득 들이치는 청량한 공기에 코끝이 시큰거렸다. 맥락 없이 뜨거웠던 젊은 그 시절의 열정과 패기는 어느덧 작은 불씨도 남기지 않고 꺼져버렸다. 아무런 꿈도 희망도 없는 나약한 인간이 되어 죽음을 생각했다. 삶이 실패했다고 단정 지으며 자포자기 한지 오래였다.

세정은 변함없이 굳건한 저 멀리 로키산맥을 바라봤다. 울창한 숲도, 매일 먹어도 질리지 않던 샌드위치 가게도, 프렌치 바닐라가 맛있던 작고 허름한 카페도 그대로였다. 변한 건 오직 자신뿐이었다.

하필 왜 이곳일까? 타임슬립한 시간 여행자가 된 듯 했다. 세정은 제 청춘이 잠들어 있는 땅에 두 발 딛고 서고 보니 그 시절의 열의가 두 다리를 타고 오르기라도 하는지, 정말 '잘' 살고 싶다는 의지가 불끈 솟았다. 선우만 있다면 정말 그럴 수 있을 텐데…. 아들을 떠올리자 자동으로 눈물이 기어 나왔다.

뿌연 시야로 누군가 보였다. 심장이 요란하게 쿵쾅거렸다. 눈물을 닦은 세정은 떨리는 손으로 외투자락을 힘껏 움켜쥐었다. 뭔가 심상치 않은 일이 일어났음을 온몸이 증명했다. 다리가 후들거리고 호흡이 가빠졌다. 고작 열 걸음 남짓한 거리에 흑발인 사내아이가 세정을 바라보며 우두커니 서 있었다. 정확히 말하면 한 덩치 하는 범상찮은 초코를 보고 있는 것이리라.

월월!

선우를 확인한 초코가 아이를 향해 우렁차게 짖었다. 강력한 자기장에 이끌리듯 세정은 아이를 향해 천천히 걸음을 옮겼다. 가까워질수록 심장에 뜨거운 다리미를 올려놓은 것처럼 못 견디게 뜨거웠다. 한눈에 알아봤다. 선우였다. 엄마이기에 아무리 8년이란 세월의 간극이 있다 해도 알아볼 수 있었다.

확신하기 위해 좀 더 가까이 다가간 세정은 아이의 귀를 유심히 관찰했다. 귀 상부가 말려 들어간 것처럼 보이는 매몰귀였다. 눈앞에 서 있는 아이는 선우가 틀림없었다. 자신을 닮은 그 귀를 보면서 언젠가 수술을 해주고 싶다는 마음으로 적금을 들었었다. 아들을 확인한 순간 세정의 호흡은 더 가빠지고 손발이 강풍에 흔들리는 나뭇가지보다 더 후들후들 떨렸다. 당장이라도 쓰러질 것 같았다.

"Oh, my gosh, you look great!"

아이는 초코에게서 눈을 떼지 못했다. 작은 곰 같기도 하지만 눈도 작고 덩치에 맞지 않게 축 늘어진 작은 귀 또한 초코의 매력을 한껏 뿜어 내기에 충분했다. 덕분에 세정은 아들을 가까이서 오래도록 볼 수 있었다.

아들에게 몸을 기울인 세정은 그리웠던 아이의 냄새를 깊게 들이마셨다. 무심히 흘러 버린 세월 탓인지 세정의 기억 속 그 향과는 조금은 달랐다. 망고 샴푸 향이 은은하게 풍겼고 그 속에 가려진 땀 냄새도 뭉근히 피어올랐다.

이 순간을 얼마나 기다려왔던가. 개구지게 웃는 얼굴을 만지고 바람에 휘날리는 아이의 가느다란 머리카락도 만져보고 싶었다. 언제 이렇게 컸는지 어릴 적 얼굴이 남아 있기는 했지만 훌쩍 커버린 아들은 소년의 모습에 더 가까웠다. 갈수록 제 아빠를 닮았다.

치아를 전부 드러내고 웃는 모습이 한없이 사랑스러웠다. 깨끗하고 단정한 옷차림도, 보기 좋게 살이 오른 두 뺨도, 아이는 잘 자라고 있는 듯했다. 다행히 불행한 삶과는 멀어 보여 한시름 놓았다.

얼마쯤 지나 열 걸음 뒤에서 사랑이 듬뿍 담긴 목소리가 아이 불렀다.

"서준아! 거기서 뭐해?"

아이가 뒤를 돌았다.

"엄마, 멋진 개가 있어요. 주인을 잃었나 봐요. 혼자예요."

또각또각 다가오는 여자의 얼굴을 본 순간 세정은 숨 쉬는 걸 잊었다. 살갑게 선우의 어깨에 손을 두른 엄마라는 존재는 세정이 아는 얼굴이었다. 홀리데이 시절 자신의 룸메이트 강은주. 도대체 이게 무슨 일일까! 은주가 왜 선우의 엄마인 거지!

혼란스러웠다. 눈앞이 아득했다. 세정은 차분히 기억을 더듬었다. 그때 세정은 선우를 가진 걸 알고 곧장 한국으로 돌아왔다. 은주는 그곳에서 한국교포와 결혼해 아들을 낳았다고 들었다. 그 아이의 이름이 서준이라 들었던 것 같은데….

도대체 어떻게 된 걸까. 머릿속에 폭탄이 터진 듯 사고가 멈춰 버렸다. 온갖 재앙이 세정을 덮친 것처럼 숨을 쉴 수가 없었다.

"뉴펀들랜드네. 정말 늠름하게 생겼네, 이 녀석."

은주가 초코와 선우를 번갈아보며 행복해했다.

"아, 그 수상 구조하는. TV에서 봤어요. 실제로 보니까 훨씬 더 큰 거 같아요."

"그러네. 그래도 얼굴은 순덩이 같다, 그치?"

"그죠 엄마. 근데 아빠는요?"

선우는 목을 쭉 빼고 주위를 두리번거렸다.

"울 아들 좋아하는 망고 아이스크림 사고 계시지. 얼른 가자."

"네…."

아쉬운 듯 발을 떼는 선우를 세정은 그저 바라볼 수밖에 없었다. 어떻게 만났는데! 어떻게 찾은 아이인데! 다시 얼기 시작한 세정의 가슴에 금이 가기 시작했다. 제발… 제발… 오장육부가 모조리 비틀어지던 그 순간 초코가 떠나려는 은주의 곁을 빙빙 도는 기지를 발휘해 두 사람의 발을 묶었다.

"엄마가 좋나 봐요."

"어쩌지, 난 울 아들이 더 좋은데."

은주는 이보다 더 사랑할 수 없다는 표정으로 선우를 바라보며 포동포동한 뺨에 입을 맞추었다. 세정이 지난 8년간 하루도 빠짐없이 바라고 그려왔던 모습이었다. 두 사람이 재연한 세정의 꿈같은 그 모습이 뾰족한 창이 되어 금이 간 세정의 가슴을 깊숙이 찔렀다. 뼈가 뒤틀리는 고통이 그녀를 또다시 지옥불에 던져놓았다. 시간을 되돌릴 수만 있다면 다시 그날로 돌아가 선우를 잃어버리지 않을 텐데….

8년 전 그날.

아침부터 스산한 안개가 피어올라 뭘 해도 우울할 것만 같은 날이었다. 돌이켜보면 우울했던 건 애꿎은 날씨 탓이 아니었다. 사는 게 매일같이 우울했다. 혼자 아이를 낳고 키우는 일은 세정이 생각했던 것과는 판이하게 달랐다.

시종일관 씩씩한 싱글맘은 드라마 속 얘기였다. 세상은 세정을 안타까이 여기지도 않았고, 도움이 필요할 때 등장하는 귀인도 없었다. 찾아갈 엄마도 없고, 미혼모가 된 순간 의절하다시피 등을 돌린 새장가를 든 아버지의 손을 빌리기도 힘든 상황이었다. 매일이 고달프고 아팠다.

살인을 한 것도 아니고 도둑질을 한 것도 아닌데 단지 아빠 없이 아이를 낳고 키운다는 이유만으로 죄인 취급을 당하기 일쑤였다. 어쩔 때는 진짜 죽을죄라도 지은 것 같은 착각에 빠지기도 할 만큼 세상은 미혼모인 세정을 난폭하게 몰아붙였다. 그럴 때마다 보란 듯이 인스타에 사진을 올리며 행복한 척 쿨한 척 포장지를 씌웠지만 온라인에서의 '좋아요'는 삶의 질을 바꿔놓지 못했다.

직장생활은 위태위태했고 새벽마다 깨서 칭얼대는 아이 때문에 몇 년째 잠이 부족한 상태였다. 말 그대로 폭발 직전이었다.

몸도 마음도 지친 세정은 가끔, 아주 가끔은 아이를 낳은 것을 후회하곤 했다. 그런 끔찍한 생각에서 퍼뜩 빠져나오고 나면 태산 같은 죄책감이 그녀의 어깨를 짓눌렀다. 그런 날들이 지겹도록 되풀이되던 날이었다.

그날 아침은 유독 피곤했다. 간밤에 한 시간도 못 자서 컨디션이 바닥을 쳤다. 어린이집도 휴일인 주말이라 선우는 온전히 세정의 몫이었다. 잠깐이라도 눈 좀 붙여야 남은 오후를 버틸 수 있을 것 같았기에 선우를 낮잠 재울 요량으로 유모차에 태워 놀이터로 데리고 나갔다.

선우는 태어날 때부터 잠투정이 유별나서 콧구멍에 바깥바람이 들어가야 그나마 수월하게 잠을 잤다. 평소보다 30분 일찍 나갔을 뿐 장소도 같았다. 다만 한 가지 달랐던 건 꾹 참고 참았던 소변이 마려워 선우를 데리고 화장실을 다녀온 아주 사소한 행동 하나였다.

급하게 나오다 보니 스마트폰이 사라진 걸 알았다. 화장실 휴지 걸이 위에 두고 온 것 같았다. 아직 약정이 남은 기기값도 문제였지만 스마트폰 안에 밥줄이 달린 고객들의 연락처와 신상들이 저장돼 있었다. 폰이 세정의 손을 떠나는 순간 닥칠 대재앙을 그녀의 목 뒤에서 솟아오른 식은땀이 벌써부터 예고했다. 심장이 서늘해졌다. 누가 가져갈까 봐 마음이 다급했다. 세정은 그네를 타고 있던 여자아이에게 유모차의 선우를 부탁하고 쏜살같이 달렸다.

짐작대로 휴지걸이 위에 얌전히 놓인 폰을 안도하며 가져왔다. 선우를 떠올리며 허겁지겁 돌아왔는데 그네 타던 여자

아이도 선우도 감쪽같이 사라졌다. 주인을 잃은 유모차만 덩그러니 그 자릴 지키고 있었다. 심장이 철렁 떨어지고 뒤통수에 번개가 내리쳤다. 폰을 찾았던 안도감은 형언할 수 없는 공포와 불안으로 되돌아왔다.

"선우야!"

다급히 아들을 부르고 샅샅이 주위를 뒤져봐도 아들의 모습은 온데간데없이 사라졌다. CCTV를 모조리 뒤진 경찰은 놀이터 모퉁이 편의점 근처에서 선우를 안고 가는 모자를 눌러쓴 사람의 뒷모습을 추적했다. 남자처럼 옷을 입었지만 체구와 걸음걸이를 봤을 때 경찰은 여자라 단정했다.

유괴라 생각하고 유괴범의 연락을 기다렸으나 소식이 깜깜했다. 전단을 뿌리고 수배를 내렸지만 헛수고였다. 치밀하게 준비한 유괴범은 미리 준비한 선우의 가짜 여권으로 선우를 데리고 이미 캐나다로 출국했다는 걸 아무도 몰랐다.

잠깐이었지만 선우 낳은 걸 후회했던 순간만 떠올랐다. 아이가 입던 옷을 부둥켜안고 미친 사람처럼 통곡했다. 집안 곳곳에 배어 있는 아이의 냄새와 흔적들이 불씨가 되어 세정의 세상을 맹렬히 태워버렸다. 그 무엇보다 아이를 잃은 건 순전히 제 탓이라는 견딜 수 없는 죄책감이 그녀를 무참히 짓밟았다. 아무것도 보고 싶지 않았다. 아이가 없는 세상은 아무 의미가 없었다. 그러던 어느 날, 앞이 보이지 않았다. 그리고

8년이 흘렀다. 살아도 산 게 아니었다.

8년 전 잃어버린 아들이 눈앞에 있었다. 이렇게 가까이 있는데도 머리털 하나 건드리지 못하고 우두커니 바라만 봐야 하는 상황이 애통해 억장이 무너지면서도 한편으로는 아들이 살아있다는 사실이 눈물 나게 반갑고 또 행복했다. 그렇게 양가적 감정 사이에 끼어 울다 웃던 세정은 시간이 지날수록 지난 8년간 안고 살았던 끔찍한 고통이 환희로 뒤바뀌는 것을 느꼈다. 아이가 살아있다는 것. 그것만이 중요했다. 지난 한 고통 따위는 모두 파괴시켜 버렸다.

"살아 있어 줘서 고마워, 선우야…"

세정의 애잔함이 눈물방울이 되어 하늘 위로 둥둥 떠올랐다. 방울마다 뾰족한 돌기가 생성되어 불안하게 대기를 툭툭 건드렸다.

향수 가게에서 심각하게 그 모습을 지켜보던 이플은 손발이 꽁꽁 묶인 것처럼 속이 갑갑했다. 보고만 있을 거냐는 진두리의 협박성 잔소리가 고막을 후벼 파도, 당장 오늘 저녁 밥상이 청렴하기 그지없을지라도 선뜻 일어서지 못했다.

일반적인 사람들 앞에 서는 일이 이플은 아직도 어색하고 부담스럽고 힘들었다. 웬만해선 영혼과 접점이 없는 이들과의 직접적인 대면은 일부러 피했다. 사람이 여전히 꺼려졌다.

이플이 주저하는 사이 세정의 눈물방울에 찔린 쨍하니 맑은 하늘이 울먹울먹 거렸다. 곧이어 감당 안 되는 국지성 호우가 쏟아질지도 몰랐다.

"오늘 저기 비 내리면 안 된단 말이야. 로키산맥의 마른 영기를 내일 거둬들이는 날이라고! 오늘 씻겨 내려가면 난 몰라. 아, 빨리 다녀와."

이플은 일어섰다. 두리의 닦달도 그렇지만 눈먼 딸을 위해 자신을 희생한 영혼의 마지막 온화한 눈빛이 이플을 움직였다. 칠흑 같은 어둠의 먼지로 사라질 걸 알면서도 딸을 껴안으며 세상 편안해 보이던 아이러니한 영혼의 그 미소가 이플의 심장에 흉터처럼 남았다. 잘해내고 싶었다.

"시작하기가 어렵지. 막상 나가 보면 아무것도 아냐. 조이플 잘할 수 있어. 홧팅!"

실룩 웃던 두리는 활짝 열린 문밖으로 이플의 등을 떠밀었다.

긴장한 이플의 가슴이 왈랑왈랑거렸다. 긴장감을 털어 내려 가슴을 크게 부풀리고 꺼트리며 크게 심호흡한 이플은 투명인간이 되어 잃어버린 아들 앞에 애처로이 서 있는 세정의 곁으로 바투 다가섰다.

이플이 곁에 있는 것만으로도 세정을 질식시켰던 절망의 장막이 조금씩 걷히는 걸 느꼈다. 숨이 쉬어졌다.

세정에게 잘 될 거라는 눈빛을 쏘며 이플은 초코와 눈을 맞쳤다.

"초코. 이리 와."

이플이 초코의 견주라 생각한 모자는 적극적으로 인사를 건네 왔다. 개가 너무 멋지다, 이름이 초코라니 재밌다, 라는 등 끊임없이 이플에게 친근함을 표했다. 선뜻 척척 맞장구치지 않는 이플에게 지속적인 호감을 드러내는 건 이플에게서 폴폴 풍기는 완벽한 체취의 신비 때문일지도 몰랐다.

슬슬 작업에 돌입한 이플은 능청스럽게 그들의 수다를 받으며 강은주의 재킷 위에 떨어진 가느다란 머리카락 한 가닥을 슬그머니 손에 쥐었다. 그리고 그가 젤 잘하는 것을 했다. 강은주의 지난 시간을 펼치고 그것을 세정과 공유했다.

영아돌연사로 아들을 잃은 강은주는 우연히 SNS에서 홀로 아들을 키우는 옛 룸메이트 세정을 보게 되었다. 세정의 아이를 보는 순간 마치 잃어버린 아들의 모습을 보는 것 같았다. 한 번도 아이가 죽었다고 생각지 않았다. 철마다 아들의 내의를 사고 신발도 모자도 사서 차곡차곡 옷장을 한가득 채웠다. 그럴 때마다 남편과의 다툼은 커졌고, 둘의 갈라진 틈을 메꿀 애정도 가뭄 든 강바닥처럼 바짝 말라갔다. 결국 둘은 갈라섰다.

은주는 남편이 있든 말든 개의치 않았다. 그녀에게 남편은 낡고 떨어지면 버리고 사면 그만인 구두 같은 존재였다. 하지만 아들은 아니었다. 열 달 동안 탯줄과 연결되어 함께 먹고 숨 쉬며 모든 걸 공유한 아이는 제 분신이었다.

버린 적 없으므로 죽은 것이 아니었다. 아이는 분명 살아있었고, 엄마를 애타게 찾고 있으리라 확신했다. 창조주인 제가 잊으면 아이는 깜깜한 절망 속으로 영원히 사라질 것이 자명했다. 어딘가에서 깊은 단잠에 빠진 아이가 다시 돌아오리라 철석 같이 믿었다. 그리고 마침내 소망이 이루어졌다. 아이는 살아 있었다. 세정이라는 가짜 엄마가 자신의 아들을 몰래 데려다 키우고 있었다.

은주는 밤마다 아이가 진짜 엄마를 찾아 서럽게 우는 꿈을 꿨다. 애가 끓고 심장이 바짝 타들어갔다. 더 이상 아이를 외롭게 내버려 둘 수 없었다. 지금이 아니면 영원히 아이를 잃을 것만 같았다.

아이에게 가는 길은 어렵지 않았다. SNS라는 세계는 참 편리하게도 손쉽게 정보를 제공해 주었다. 클릭 한 번이면 세정의 삶을 엿볼 수 있었다. 사는 동네, 단골 반찬집, 자주 가는 놀이터, 그녀의 일거수일투족을 꼼꼼히 메모했다. 구글링으로 사전답사도 끝냈다.

한국행 비행기표를 끊고 세정의 동네에서 열두 정거장 떨어진 모텔에 짐을 풀었다. 매일 아침 아들의 동네로 출근 도장을 찍으며 보름 정도 아일 지켜보았다. 볼수록 심기가 뒤틀렸다. 엄마라는 인간은 늘 불만이 가득해 보였다. 육백년 동안 빛 한번 못 본 낯짝처럼 우울하지를 않나, 어린이집에 아이를 넣어 두고 저녁 늦게야 데리러 왔다. 화가 부글부글 끓었다. 아이를 품을 자격도 없는 년!

가까이서 지켜볼수록 한시가 급했다. 은주는 아이를 데려올 적당한 날을 기다렸다. 볼수록 확신이 들었다. 틀림없는 제 아이였다. 매일매일 엄마를 그리워하고 있었다. 망설일 이유가 없었다.

그러던 그날, 자욱한 안개가 이상하리만치 스산하게 깔린 날, 아이를 찾을 기회가 왔다. 기껏해야 여섯 살 남짓한 여자애에게 자신의 귀한 아들의 안전을 맡기고 세정은 정신없이 자릴 비웠다. 그깟 보잘것없는 금속덩이를 찾겠다고 자신의 목숨 같은 아들의 안전과 맞바꾸다니. 아들을 데려가라 하늘이 도움을 준거라 생각했다.

보호자 역할이 뭔지도 모르는 여자애에게 달랑 아이스크림 하나를 쥐어 주고 그토록 그리던 아들을 품에 안았다. 가짜 엄마 품에서 3년을 자란 아들은 처음엔 가짜 엄마를 찾아 울고불고 힘들게 했지만 세월이 지날수록 아들은 가짜 엄마의 존재를 깡그리 잊어갔다.

물색해서 고른 좋은 아빠도 아들에게 만들어 주었다. 아이

메모리얼 향수 가게

를 못 갖는 남편은 아들을 친자식처럼 아끼고 사랑했다. 이보다 화목하고 완벽한 가정은 세상 어디에도 없으리라 아침에 눈 뜨고 잠들 때마다 확신했다. 누군가의 피눈물이 기저에 깔린 은주의 행복은 피맺힌 세정의 그리움 따위는 안중에도 없이 무섭도록 커져 갔다.

은주의 그날을 바라본 세정은 한 가지만 생각했다. 선우. 아이가 우선이었다. 선우의 입장에서 아들의 행복을 먼저 염려했다. 미혼모에 눈까지 먼 친엄마를 어떻게 받아들일까… 지금껏 엄마였던 사람이 자신을 유괴했다는 사실을 알게 된다면 얼마나 큰 상처를 받을까…. 세정은 선우의 '진짜' 엄마이기에 자신의 고통보다는 아이의 행복을 먼저 생각했다.

세정의 고민을 엿본 이플은 이 시점에서 세정이 왜 쓸데없는 고민에 휩싸여 있는지 이해되지 않았다. 그토록 그리워했고 기다렸고 그리하여 영혼도 아닌 살아있는 인간을 위해 메모리얼 향수 가게는 한 영혼의 희생 경로를 통해 아들을 찾을 기회를 열어 주었다. 기적 같은 기회가 왔을 때 놓치지 말고 손에 쥐어야 하는 것이 당연한데. 도대체 왜?

"진 여사는 이해돼?"

이플이 툭 내뱉은 속마음에 두리가 대답했다.

"어, 엄마니까. 진짜 선우를 사랑하니까 그런 고민을 하는 거야."

이플은 누군가 던진 신발에 이마를 세게 얻어맞은 기분이었다. 머리가 띵했다. 메모리얼 향수 가게에 오는 고객들은 개나 사람이나 하나같이 차원이 다른 마음을 품은 것 같았다.

"말도 안 돼. 사랑하면 무조건 찾고 봐야지, 포기할 게 아니라. 포기하는 건 사랑하지 않아서 그런 거야."

이플의 새된 목소리가 두리의 귀에는 한없이 애처롭게 들렸다.

"네 말도 맞아. 그렇지만 그건 우리가 가타부타할 문제가 아닌 것 같다. 세정 씨가 선택할 일이지."

두리는 쓸쓸히 돌아간 세정의 가녀린 어깨를 떠올렸다. 그 속이 얼마나 형편없이 상했을지 열어보지 않아도 충분히 이해가 갔다. 비록 낳아보진 않았으나 거의 다 키운 아일 뱃속에서 잃은 경험이 있는 두리는 잠깐이나마 가져보았던 세상 가장 강력한 그 힘을 조금이나마 알 것 같았다.

선우의 향수는 조향하기 힘들었다. 세정이 기억하는 선우의 향은 세 살에서 멈춰 있는데다 선우가 영혼도 아니고, 8년이란 공백도 있기 때문에 선우의 다양한 향을 얻기란 좀처럼 쉽지 않았다. 그나마 다행인건 세정의 영혼을 갉아먹었던 악질 그리움들이 선우를 찾는 과정에서 거의 다 빠져나왔다는 데 의의가 있었다. 어찌 보면 거의 절반은 해결된 셈이다.

고심 끝에 디자인한 이플은 좀 특별한 향수를 조향했다. 세정이 골라 쓸 수 있도록 2개의 향수를 조향했는데, 하나는 죽을 것 같은 그리움은 줄어들지만 선우를 잊히게 하진 않을 향수이고, 또 하나는 맡으면 맡을수록 세정의 기억에서 선우를 차츰 차츰 지울 향수이다.

선택은 오로지 세정의 몫이지만 그 어떤 향수를 선택하더라도 세정의 시력을 되찾도록 조향했다. 세정의 실명은 심리적인 절망에 의한 것이므로 마음이 치유되면 다시 앞을 볼 수 있을 터였다.

이플은 두리 몰래 작업한 향수를 선우와 은주의 꿈으로 찾아가 심어 놓았다. 아무리 생각해도 세정도 세정이지만 이플은 선우가 더 안타까웠다. 자신의 의지와는 상관없이 부모가 바뀌고, 낳아 준 부모를 기억 못하는 선우가 그중 제일 가여웠다. 이플은 선택할 수 없었지만 선우는 선택할 수 있는 기회를 주고 싶었다.

이플은 아까 터치한 세정의 기억 속에서 선우의 향이 가장 짙게 나는 퍼퓸스톤들만 그러모아 향수를 조향했다. 그 향을 맡으면 선우의 기억에 잠들어있는 세정과의 기억이 기지개를 켜고 일어날 것이다.

유괴범 강은주에겐 죄책감이라는 엄중한 고통을 맛보여 주고 싶었다. 남의 아이를 훔쳐다가 아무런 죄책감도 없이 행복하게 살아온 강은주는 이제 그만 행복에서 내려와야 했다. 진짜 엄마는 그리움과 죄책감으로 눈까지 멀었는데!

강은주의 화려한 옷차림과 화사한 화장으로 덮인 행복한 얼굴이 화장기 하나 없이 초라한 행색으로 그녀의 아들 옆에 서있던 세정과 자꾸만 교차되어 속이 부글부글 들끓었다.

강은주의 머리카락을 매개체로 강은주의 기억에 잠입한 이플은 아이가 죽던 날의 기억 속 퍼퓸스톤을 추출해 향수를 조향했다. 강은주 자신의 아이가 죽던 날을 똑바로 마주보게 할 작정이었다. 강은주는 아이를 잃은 엄마의 마음을 누구보다 잘 알아야 했다.

모든 일정을 마친 이플은 헤드폰에서 흘러나오는 현란한 피아노협주곡을 들으며 에너지를 충전했다. 유독 피로한 하루였다.

잃어버린 아이 때문에 눈이 먼 엄마. 그 딸을 위해 자신을 기꺼이 희생한 그녀의 엄마. 도대체 엄마라는 존재는 무엇일까? 그토록 그리워하던 아이를 품에 안을 수 있음에도 아이의 행복을 먼저 염려하고, 죽어서도 자식을 위해 몸을 던진 두 엄마의 헌신이 이플의 마음을 모질게 때리는 것만 같았다. 따끔거리는 가슴의 생채기를 끌어안은 이플은 아무리 떠올려도 생각날 리 없는 엄마의 얼굴을 떠올렸다.

6.

괜찮아유.
행복혔으니께

"글로 가 봐유. 이응감 단골집 이발소 골목에유."

잠에서 깬 유필재는 자리에서 벌떡 일어났다. 오매불망 그리워하던 아내가 간밤에 꿈에 나왔다. 세상 떠난 지 1년 만에 처음으로 꿈에 나와 주었다. 아내의 목소리가 너무도 생생했다. 기다리다 숨넘어가던 느릿느릿한 말투도 여전했다.

60년 가까이 한 이불 덮고 날마다 같이 밥 먹던 사람이 한순간 사라졌다. 그렇게 달던 밥맛도 예전 같지 않았다. 입안이 까슬까슬하고 씹는 것조차 귀찮게 느껴졌다. 먼 산을 바라보고 시간을 죽이는 날이 늘어갔다.

꿈에라도 찾아오길 그토록 바랐건만 꼴도 보기 싫었는지 1년 동안 들은 척도 안 하던 아내가 오늘에서야 꿈에 얼굴을 내밀어 주었다. 덕분에 다 죽어 가던 필재의 얼굴에 모처럼 생기가 돌았다.

필재는 먼지가 뽀얗게 앉은 티브이 진열장 위에서 해맑게 웃고 있는 아내 영순의 사진을 어루만졌다. 주름진 얼굴과는 어울리지 않게 해맑게 웃는 아내의 얼굴은 꿈에서 본 그대로 였다. 정말 아내를 다시 볼 수 있을까? 그 고왔던 사람을….

어렸을 적 앓은 소아마비로 왼쪽 다리를 심하게 절던 아내의 걸음은 느려터진 말투만큼 속 터지게 느렸다. 덕분에 외출을 하면 아내는 늘 뒤쳐져 걸었다. 성정이 급했던 필재는 뭐가 그리 급했는지 늘 앞서 걸었다. 조금만 천천히 걸었다면 아내와 발맞추어 나란히 걸을 수 있었을 텐데… 아내가 떠나고서야 길 한번 같이 걸어주지 못한 것이 철천지한이 되었다.

어쩌다 외식이라도 하는 날이면 더 가관이었다. 누가 쫓아오는 것도 아닌데 후다닥 먹고 밖으로 나가 유리창으로 아내를 힐끔거렸다. 그러면 당연히 마음 불편한 아내는 먹다 말고 필재가 기다리는 밖으로 두말없이 나왔다. 생각할수록 남은 머리카락을 죄다 쥐어뜯고 싶었다. 단 한 번도 느긋하게 기다려주질 못했다. 왜 그랬을까….

돌아보면 미안한 것 투성이라 아내를 추억할수록 죄스러운 마음만 두껍게 쌓여갔다. 가진 건 없고 부양할 동생들은 줄줄이 사탕처럼 모두 여섯이었다. 아내는 불편한 다리를 이끌고 그 많은 식구의 빨래를 하고 밥을 지었다.

고생하는 걸 알면서도 태생이 무뚝뚝한 필재는 입 밖으로 고마운 마음을 꺼내 본 적이 없었다. 아내가 좋아하던 잘 익은 홍시가 담긴 검은 봉지를 불쑥 내미는 것이 전부였다.

철부지 막둥이 동생과 연년생이던 아들딸까지 시집장가를 보내고 이제 좀 살만한가 싶었는데 원망스럽게도 평생 고생만한 아내의 머리에 지우개가 생겼다. 밥 먹는 것도 지우고, 화장실 가는 것도 지우고, 목숨처럼 아끼던 아들딸의 얼굴도, 평생 살 맞대고 산 필재의 얼굴도 지웠다. 이곳에 다녀간 흔적을 지우듯 삶의 흔적들을 무섭도록 지워 버렸다.

아내는 안 하던 짓까지 하기 시작했다. 하루에도 수십 번씩 필재를 못살게 굴었다. 예전에 내다버린 구두를 갖다 달라 고래고래 고함을 지르질 않나. 한밤중에 잠 좀 들 만하면 자는 필재를 깨워 물 달라, 밥 달라는 소리를 스무 번은 더했다. 아예 잠을 못 자게 했다. 하루 이틀, 한 달은 어떻게든 견뎠다. 한 달이 두 달이 되고 여섯 달을 넘어서자 너무 지친 필재는 "사람 그만 괴롭히고 이제 그만 죽어 버려!"라는 섬뜩한 소리를 내뱉었다. 홧김에 질렀지만 속이 후련했다. 내일 당장 자식들이 골라 둔 요양병원으로 전화를 걸 참이었다.

오늘만 참으면 된다고 부득부득 이를 가는 필재에게 아내는 홍시를 사다달라고 말했다. 외투를 집어 들고 거리로 나온 필재는 홍시를 사러 김 씨네 과일 가게로 향했다. 오랜 지기인 김 씨와 아들, 딸, 손주 자랑 배틀을 하다가 달달한 믹스커피가 쓰게 느껴지는 패배를 맛보고 일어섰다. 홍시를 담은 봉지를 들고 집을 향해 터덜터덜 걸었다.

"지랄하네. 그래도 공부는 우리 아들내미가 잘했다. 세월 잘 타가 운 좋게 인터넷 방송으로 손주 놈이 돈 좀 번다꼬 유세는. 내 다신 저놈아한테 과일 사나봐라. 에잇, 아이구야!"

여전히 분이 안 풀린 필재는 뒤돌아 욕지거리를 내뱉다 그만 발목을 접질렸다. 날카로운 통증에 그 자리에 주저앉아 한동안 일어서지 못했다. 내세울 거라곤 건강한 몸뚱이 하난데 그마저도 잃게 될까 봐 짜증이 솟구쳤다.

벌써 부어오르기 시작한 발목을 문지르며 필재는 가까스로 일어섰다. 천천히 발을 디디며 집을 향해 걸었다.

절뚝. 절뚝.

아무리 빠르게 걸으려 해도 도무지 발이 따라오지 않았다.

절뚝. 절뚝.

필재는 시야가 뿌옇게 흐려지는 것을 느꼈다. 느러터지게 걷던 아내의 걸음이 필재의 눈앞에서 살아 움직였다. 눈물이 앞을 가렸다. 필재는 그 자리에 주저앉아 체면이고 나발이고 다 내팽개치고 펑펑 울었다.

힘든 현실 때문에 아내의 헌신을 까마득히 잊었다. 불편한 다리로 불평 한 번 없이 꿋꿋하게 살아 준 아내를 내다 버리고 싶은 짐짝처럼 생각했다. 곡괭이 같은 사나운 말로 아내의 여린 가슴을 밥 먹듯이 쿡쿡 찍고 원수 대하듯 눈을 부라

　　　　　　　　　메모리얼 향수 가게

렸다.

실컷 울고 가까스로 집에 돌아온 필재는 아내가 부탁한 홍시가 든 비닐을 방바닥에 떨어트리고 말았다. 축 늘어진 아내의 몸은 냉수처럼 차가웠고, 아무리 불러도 눈을 뜨지 않았다. 얼마나 미웠으면 마지막 가는 길도 못 보게 홀로 떠나 버렸을까.

아내와의 이별은 아무런 준비도 없이 벼락같이 찾아왔다. 갑자기 혹독한 겨울이 찾아온 듯 몸서리치게 추웠다. 끝이 보이지 않는 어둠이 필재의 눈앞에 내려왔다.

"할마이… 내도 데꼬가라…."

문지방에 쪼그리고 앉아 먼 산을 바라보며 필재는 아내가 데려가 주기를 간절히 바랐다. 사랑하는 이의 죽음은 남은 자에게 돌이킬 수 없는 후회와 아쉬움을 남기는 것이 공식이라 마음이 비워질수록 못 해 준 것만 생각났다. 물려줄 재산이 없으니 자식들에게도 짐이 될까 걱정이고 사는 게 전혀 행복하지 않았다.

그러던 어젯밤, 필재의 간절함이 하늘에 닿았는지 필재는 그토록 그립던 아내를 꿈에서 만난 것이다. 새하얀 모시한복을 차려입은 아내의 모습은 하늘에서 내려온 선녀처럼 한없이 고왔다. 반갑게 인사를 하려는 필재에게 아내는 다짜고짜 영혼의 향수 가게라는 곳을 알려 주었다. 제대로 회포를 풀고 싶으면 서둘러 찾아가라 극성을 부리는 통에 필재는 꿈속에 앉아있는 기분으로 길을 나섰다.

단골 이발소 골목에 있다는데 오래된 그 골목을 40년 가까이 드나들었지만 향수는커녕 향좋은 껌도 하나 안 팔았다. 다방커피를 잘타는 최 씨가 운영하는 구둣방, 기똥찬 오버로크 솜씨만큼이나 수다스러운 방 여사의 옷 수선, 이쑤시개부터 의자까지 없는 게 없는 털보 배 씨의 만물상, 그리고 시끄럽게 소유권 분쟁중인 허름한 건물이 다였다. 살아생전 허튼소리 한번 한적 없는 사람이 죽어서 왜 그런 희한한 소릴 하는지 또 못된 성정이 튀어나오려는 찰나 필재의 눈앞에 희한한 가게가 생겨났다. 아내가 말한 그 향수 가게 같았다.

침침한 눈을 비비고 다시 떠도 그대로 있는 걸 보면 참말인 것 같지만 그래도 여전히 믿기지 않았다. 필재는 확인하기 위해 서둘러 그곳의 문을 벌컥 열었다.

의심 많고 성격 급한 필재가 향수 가게에 덜컥 발을 들여놓았을 때 이플과 두리는 의뢰인을 만날 모든 준비를 마친 상태였다.

"예? 보이소!"

발을 들여놓기도 전에 필재는 허공에다 다급하게 질렀다. 사람보다 카랑카랑한 목소리가 먼저 들어온 고객을 맞기 위해 두리와 이플은 문 근처로 이동했다. 짙은 밤색 중절모와 카키색 점퍼를 입은 어딘가 다급해 보이는 고객이 들어섰다. 안절부절 가게 안을 서성일 때마다 자줏빛 그리움의 뭉텅이가 바닥으로 떨어졌다.

"어서 오세요, 어르신. 여긴 영혼의 향수 가게이고요. 전 가게 매니저 진두리라고 합니다."

진두리가 정중히 인사를 건네자 멀뚱하게 서있던 이플 또한 고개를 숙였다.

"안녕하세여, 할아버지. 전 조향사 조이플이라고 해요. 우선 여기 앉으세요."

"이야, 참말로 있었네. 처음 뵙겠습니다. 유필잽니더."

이플이 가리킨 향수 가게 전용소파에 필재는 앉았다. 귀신이 살 것 같은 걱정과는 달리 예의바른 모자가 있는 아늑한 가게였다. 게다가 엉덩이를 붙이고 앉자마자 마음이 청춘의 봄날 한가운데 있는 것처럼 푸근해진 보라색 소파가 필재는 제일 맘에 들었다. 심지어 두근두근 설레기도 했다. 죽은 아내 때문에 찾아온 곳에서 아니러니하게도 참 오랜만에 살아있는 느낌을 받았다.

"여오면 우리 할마이를 만날 수 있다카든데 맞는교?"

아이처럼 마음이 들뜬 필재는 양쪽 허벅지에 땀이 난 양 손바닥을 슬슬 문질렀다. 그래도 설레는 마음은 좀처럼 가라앉질 않았다.

"네. 어르신. 곧 만나게 되실 겁니다."

두리의 확답을 듣자마자 필재는 안도의 한숨을 내쉬었다. 그때부터 아내 영순이 사무치게 그리웠다.

"울 할마이는 이래 죽어서도 내 걱정만 합니더. 내 평생을 고생만 시킸는데 고맙다는 말도 한마디 몬했다아임니까. 그래가 내가 볼 낯짝이 엄따아인교⋯."

말문이 막힌 필재는 마른 입술을 질끈 깨물며 아내를 향한 방대한 그리움을 삼켰다. 주름이 자글자글한 필재의 눈가에 그리움의 눈물이 소나기처럼 쏟아졌다. 벌써부터 그리움의 저울이 순도 높은 선명한 보랏빛으로 수직상승했다.

필재의 눈물을 본 두리는 먼저 떠나보내야 했던 남편이 떠올라 눈시울이 붉어졌다. 검은머리 파뿌리가 될 때까지 함께 하자던 그 언약을 남편이 죽고 나서 저 혼자 백발로 이루었다. 오랜 그리움을 힘겹게 삼킨 두리는 목소리를 가다듬었다.

"가져오셨나요? 할머니 물건."

목이 멘 목소리로 두리가 묻자 필재는 기다렸다는 듯 점퍼 안주머니에서 아내의 손수건을 꺼내놓았다. 네모 귀퉁이에 붉은 동백꽃이 소담하게 수놓아진 하얀 손수건이었다. 손수건에서 투명한 빛이 새어나왔다.

영순의 손수건을 손에 쥔 두리는 소담한 붉은 동백을 어루만졌다.

　김영순은 하얀 손수건처럼 영혼이 곱고 깨끗한 사람이었다. 불편한 다리를 안고 살면서도 항상 밝고 긍정적인 에너지로 주위의 많은 사람들에게 기쁨을 주었고, 저처럼 장애를 안고 있는 이들을 위해 오랜 시간 봉사를 해 온 데이터가 있었다.

　"억수로 곱지예? 우리 할마이가 손수 만들었다 아입니까. 반찬도 잘 맨들고 노래도 잘하고 몬하는기 엄는 사람이었는데…. 내한테는 분에 넘치는 사람이었지예."

　필재는 떠난 영순이 눈앞에 있는 듯 가슴이 따뜻하게 데워졌다.

　"재주가 많은 분이셨네요. 참 많이 그리우시죠? 할머니 만나면 뭘 하고 싶으세요?"

　"뭐 별꺼 있겠는교. 평소처럼 밥묵꼬 테레비보고 길도 걷꼬. 내를 이자뿐 할마이말고 내를 기억하는 옛날 우리 영수니하고 딱 하루만 보내믄 좋겠심더."

　"네. 곧 그럴 수 있을 거예요. 이플아?"

　두리가 손수건을 건네자 이플은 그것을 손에 쥐고 필재의 손을 슬며시 붙잡았다. 찌릿한 촉감에 끔쩍 놀란 필재는 전류가 흐르는 이플의 손이 그리운 아내에게 데려다 줄 매개체임을 곧 깨달았다. 마음도 편안해졌다.

눈을 감은 이플은 늘 하던 대로 손수건의 주인을 찾기 위해 집중했다. 천국의 골목길 어딘가에 머무르고 있을 필재의 아내를 추적했다. 좁은 어둠의 통로를 지나자 점차 밝은 빛이 보였다. 이플은 나른한 햇살의 커튼을 열었다. 더 찬란한 빛이 가득한 곳과 맞닥뜨리게 되자 여기저기서 리드미컬한 숨결이 느껴졌다. 이플은 그 중 가장 생동감 있게 그의 귀에 속삭이는 숨결을 쫓았다.

"나여."

이플은 찾던 영혼의 목소리를 붙들었다.

75세 김영순. 알츠하이머 투병 중 사망.

"김영순 할머니?"

반짝 번쩍이던 신기한 화면에서 아내의 모습이 보였다. 숨 죽이며 화면을 바라보던 필재는 목이 메어와 마른침을 꿀꺽 삼켰다.

"누구여?"

영순이 묻자 이플이 대답했다.

"전 메모리얼 향수 가게 조향사, 조이플이예요."

"뭐여! 그 유명한 조이플이구먼. 여서 소문이 자자혀. 냄겨진 가족들을 사람답게 살게 혀준다던디."

"헤헤. 제가 좀 잘하긴 하죠."

"조이플 최고여! 멋져부러! 근디 이플아, 우리 영감은 좀 워 뗘?"

"할머니를 많이 그리워하세요."

"워쩐댜. 사람 환장하것네. 죽은 사람을 뭐더러 시잘데기없이 그런댜? 그면 내가 다시 살아나기라도 헐까봐. 내가 영감 땜이 죽어도 죽은 게 아니여."

눈시울이 붉어진 영순을 바라보던 필재의 두 눈에서 눈물이 뜨겁게 흘러내렸다. 영순을 향한 필재의 보랏빛 그리움이 사방으로 뿜어져 나오는 걸 확인한 이플은 지금이 헤어진 노부부를 만나게 해 줄 적기라 판단했다.

필재가 오직 영순만을 생각하던 그때 어떤 두렵고 이질적인 공기가 필재를 감싸 안았다. 상상도 해 본 적 없는 신비로운 자연이 필재의 눈앞에 비단처럼 펼쳐졌다. 말문이 막힐 정도로 아름다웠으며 뼈 마디마디 쑤셨던 관절염의 지긋지긋한 통증이 잊힐 정도로 눈부셨다.

침침한 눈앞에 늘 깔렸던 안개가 걷히고 시야가 깨끗해지는 것을 느낀 필재는 따사로운 빛과 바람이 몸을 어루만지는 것 또한 느꼈다. 그리고 그토록 그립던 아내 영순을 보았다. 소아마비를 앓아 삐쩍 말랐던 왼쪽다리도 통통하니 살이 올랐고, 정신도 온전해 보였다.

"영수나… 잘 있었나…."

필재를 바라본 영순은 주름진 볼이 움푹 패도록 활짝 웃었다. 그 미소를 보는 필재의 명치가 예열된 다리미처럼 뜨거워졌다. 곁에 있을 때는 왜 몰랐을까. 주름진 눈가의 검버섯도, 동글동글한 콧망울도, 활짝 웃는 저 입매도 죽도록 그리워하리란 걸 그땐 왜 몰랐을까. 알았더라면 더 많이 봐 두고 더 많이 아껴줄걸. 그리하여 죽음이 둘을 갈라놓는 날 조금 덜 가슴 아프고 조금 덜 후회할 것을.

"얼굴이 우트케 이 모냥이여?"

울먹이던 영순이 홀쭉해진 필재의 양쪽 뺨을 어루만졌다. 살아 있을때처럼 따스한 영순의 손길에 필재는 아이처럼 앙울음을 터트렸다. 이토록 따스한 손길처럼 항상 보듬어주던 사람에게 따뜻한 말 한마디 못하고 보낸 것이 너무 미안했다.

"내가 니 아플 때 너무 몬때게 굴었다. 내한테 와가 고생만 실컷 한 사람한테… 귀찮아 하기나하고…. 내가 잘몬했다."

필재는 자신의 가슴에 수없이 생채기를 낸 하지 못한 그 말을 드디어 내뱉었다. 아이처럼 울먹이는 필재의 두눈을 영순은 위로하듯 바라보았다.

"아유, 괜찮아유. 영감이랑 사는 동안 행복혔으니께."

"니 우째서 행복했드노? 지지리 고생만 시킸는데."

"영감이 맨날 볼품없는 내 다리 주물러줬잖여. 난 그것이 짱하게 좋았슈. 어디 그뿐이여. 나 먹으라고 사다 준 홍시, 것도 영감 마음이었잖여. 그닝깨 인제 됐슈. 맘 편히 살다 와유. 내가 영감자리 딱 맡다놓고 있을라니깨."

영순은 필재가 그토록 좋아했던 천진한 웃음을 지었다. 순박한 그 웃음이 해독제가 되어 필재를 괴롭혔던 악성 그리움들이 필재의 몸에서 서서히 빠져나오고 있었다.

"우리 영수니가 슨배네 슨배. 내 열심히 살다가 니 옆에 가께."

"그려유. 영감 올 때까정 기다릴게유."

마음이 한결 편안해진 필재는 온전한 정신의 영순에게 살아생전 한 번도 못해줬던 밥상을 차려주고 싶었다. 열이 펄펄 끓는 와중에도 그 많은 식구들의 밥상을 차려 낸 영순의 노고에 단 한 번이라도 보답하고 싶었다.

서툰 손이지만 콩나물을 무치고, 김치를 썰고, 간장에 두부를 조리고, 조개미역국을 끓였다. 영순이 좋아하던 돌김도 가스 불에 구워 먹기 좋게 잘랐다. 아내를 위한 처음이자 마지막 밥상을 준비하는 필재의 이마에 송골송골 땀이 맺혔다. 영순은 남편의 옆에 서서 자신을 위해 맺힌 고마운 그 땀방울을 손수 닦아주었다.

너무도 오랜만에 마주보고 앉아 밥을 먹었다. 영순이 살아 있을 때에는 아무것도 아니었던 식사시간이 가장 값지고 귀한 일이 될 줄은 몰랐다. 당연한 듯 누려왔던 아내와 함께 하는 일상이 필재는 가장 그리웠다. 소소하고 평범한, 당연한 듯 지나쳐버렸던 하루하루가 필재에겐 꿈같은 일이었다.

밥을 먹고 티브이도 본 다음 집 앞으로 산책도 나갔다. 가을바람이 적당히 불고 볕도 좋았다. 필재는 영순의 주름진 손을 그러잡았다. 그러고는 어깨를 나란히 한 채 함께 걸었다. 재촉하지도 앞지르지도 않고 영순과 발맞추어 천천히 걸었다.

도란도란 이야기꽃도 피우고 주위 풍경도 둘러보았다. 앞만 보고 다급히 걸을 때에는 몰랐던 풍경들이 하나둘 눈에 들어왔다. 빨갛게 물든 단풍사이로 가을 햇살이 비처럼 내렸다. 필재와 영순의 농익은 인생처럼 무르익은 단풍나무를 보는 영순의 웃음도 환하게 부서졌다. 필재는 처음 데이트를 나갔던 그날처럼 두근두근 가슴이 뛰었다.

이제는 늙어 버린 아내의 얼굴을 보며 80년 필재의 인생에서 영순을 빼면 아무것도 남는 게 없다는 걸 필재는 깨달았다. 서툴고 가난했지만 함께 고생하며 아이를 낳아 멋모르고 키웠던 눈부신 청춘부터, 부모라는 이름 아래 막중한 책임감을 배우며 성장했던 중년, 장성한 동생들과 아이들을 시집장가 보내고, 어느덧 삶의 끝자락에 서있는 늙고 힘없는 자신을 마주봤을 때의 이루 말할 수 없이 공허했던 노년까지. 그 모든 순간 삶의 희로애락을 함께 한 사람은 뼈 빠지게 뒷바라지한 동생들도 아들딸도 아닌, 아내 영순이었다.

불편한 다리와 왜소한 체격 때문에 겉으로 보기에는 한없이 약해 보였지만 실은 육체가 건강한 필재보다 훨씬 더 건강한 사람이었다. 한결같이 유쾌하고 건강한 정신으로 삶의 무게에 늘 휘청하는 필재의 단단한 지지대 역할을 해 준 것도 아내 영순이었다.

보이는 것이 전부가 아니라는 것을 몸소 보여준 아름다운 사람. 필재의 인생에서 영순은 아내이자 스승이었고, 그리고 가장 가까운 벗이었다.

아름다운 노부부의 재회에 이플과 두리는 커다란 영감과 감동을 받았다. 두리는 눈물을 훔치고, 이플은 부푼 영감이 꺼지기 전에 영순의 삶을 복기하듯 불러내었다. 다채롭고 다양한 영순의 삶의 퍼퓸조각들이 제각각 품고 있는 향들을 발산하기 시작했다.

한 인간의 경이롭고 아름다운 향들이 이플의 마음속으로 가뿐하게 날아들었다.

소아마비를 앓던 날 고열에 시달리며 쌕쌕이던 영순의 달뜬 숨 냄새, 쩔뚝거리는 다리로 놀림을 받을 때마다 해일처럼 밀려오던 슬픔의 냄새, 술 취한 아버지에게 맞을 때면 도망쳐 몸을 숨겼던 뒷동산 아카시아나무의 꽃냄새, 어릴 적 배고

품을 달랬던 시원하고 달큰한 생무의 냄새, 술 취한 아버지가 엉망으로 만들어 놓은 집안을 치울 때마다 집 나간 엄마를 향한 애틋한 그리움의 냄새… 중국집 주방에서 일하던 필재의 몸에 밴 찌든 기름 냄새, 다리가 불편한 영순을 처음 업어 주던 날 필재의 등에서 나던 쌔한 파스 냄새, 필재와 함께 할 때면 깜깜한 자신의 인생에 솟아올랐던 뜨거운 희망의 냄새, 새벽부터 시장에 쪼그리고 앉아 팔던 신선한 채소의 냄새들… 필재의 마음 같던 몰캉한 홍시 냄새, 밤마다 볼품없는 다리를 주물러주며 코끝이 빨개지던 필재의 마음 냄새, 알츠하이머로 정신이 돌아올 때마다 가족들을 잊을까 겁이 났던 두려움의 냄새…

필요한 퍼퓸조각들을 끌어당기기 위해 이플은 숙연한 마음으로 부드럽게 손을 내밀었다. 어째서인진 알 수 없으나 이플의 눈가에 눈물이 한가득 고여 흘러내렸다. 영혼들의 삶을 공감하고 그 향을 품을수록 이플에게서 나는 신비로운 향이 더더욱 짙어짐을 이플은 알지 못했다. 이플은 메모리얼 향수 가게 조향사로서 무르익고 있었다.

탑노트 코를 대는 순간 영순을 떠올릴 영순 본연의 체취, 영순의 유년기에서 체집한 영순이 함박 웃던 날의 향들, 영순이 좋아하던 무르익은 홍시 냄새.

소울노트 영순의 일생에서 가장 반짝였던 필재와 연계된 향들. 그중 필재와의 첫 데이트날 주근깨를 가리려 곱게 펴 발랐던 영순의 분 냄새를 가장 진하게 조향했다. 영순이 고개를 돌려 필재를 올려다 볼 때마다 은은하게 필재의 코끝으로 날아들던 그 향, 필재의 가슴을 설레게 하고 꿈꾸게 하던 향.

라스트노트 영순이 세상을 떠나기 전 영순에게서 맴돌던 그날의 아련한 향과 더불어 기억이 돌아온 영순이 마지막으로 필재와 함께 흥얼거린 유행가 노랫말의 향들. 그리고 평소 유쾌했던 영순을 추억할 휴일아침의 유쾌함 + 영원히 변치 않는 사랑의 마음도 덧입혔다.

영순의 향수를 필재의 손에 들려보낸 두리와 이플은 초코와 우유를 데리고 오랜만에 함께 산책을 나갔다. 평소 같으면 헤드폰 속 피아노 음률에 끼어있거나 피터지게 사이버전쟁을 하고 있을 이플이 오늘은 무슨 바람이 불었는지 두리를 따라 나섰다. 두리는 초코를, 이플은 우유를 앞세워 신도시에 새로 조성된 공원을 거닐었다.

이플은 요즘 들어 부쩍 생각이 많아졌다. 자신의 삶이 가장 불행하다고 불평불만으로 점철된 시간을 살아왔다. 불행했기 때문에 불친절한 언행이 당연하단 듯이 더 뾰족하게 굴었던 나날들.

　상처받았기 때문에 누군가에게 상처 주는 일을 서슴지 않던 지난 삶들이 고속열차처럼 맹렬히 지나갔다. 거칠고 난폭한 바람이 휘익 부는 동안 이플의 머리와 심장이 얼얼했다.

　자신의 삶이 향수로 만들어졌을 때 과연 이들 영혼처럼 아름답고 순박한 향이 날 수 있을지 자신이 없었다. 새로운 영혼을 만날 때마다 상처투성이인 철없는 고슴도치 조이플의 뾰족한 가시가 하나둘 떨어지고 있었다.

7.

진짜를 찾아라!

이게 무슨 상황이야? 두리는 눈앞에 서 있는 어여쁜 두 여자를 보며 사십오 년 묵은 깊은 한숨을 내쉬었다. 의뢰한 영혼은 한 명인데 향수를 원하는 고객은 둘이다. 어디서 오류가 발생한지는 모르겠으나 이건 참 곤란한 일이다.

영혼의 향수조향은 영혼을 향한 그리움으로 인해 삶이 엉망이 된 남겨진 이들 때문에 애가 닳은 영혼이 직접 의뢰를 하는 것이었다. 의뢰한 영혼이 원하는 이와의 교감으로 꿈이라는 통로를 통해 메모리얼 향수 가게의 존재를 알리게 되는 방식이었다.

여태껏 이런 시스템으로 유지해 왔고 별다른 문제점이 될 만 한 건 없었다. 그런데 오늘 치명적인 오류가 발생했다. 분명 의뢰인은 저 두 여인 중 한명과 강력한 교감을 주고받았을 것이다. 그런데 왜 하나가 아니고 둘이지?

두리는 지근거리는 관자놀이를 꾹꾹 누르며 냉수를 마시러

자릴 비웠다. 향수 가게의 골치 아픈 오류보다 오작동을 일으킨 본인의 몸을 먼저 추슬러야 했다. 초코와 우유가 든든한 보디가드처럼 두리의 뒤를 졸졸 따랐다.

두리의 빈자릴 이플이 차지했다. 무조건 문제를 풀고 싶은 단순한 욕망에 사로잡힌 이플은 찬찬히 사건을 되짚었다.

"자, 그니까 고인인 박강호 씨가 꿈에 나와서 이곳에 가라고 했단 말이죠?"

"네."

"네. 맞아요."

두 여자는 눈물이 그렁그렁한 눈으로 고개를 연신 끄덕였다. 둘 다 억울한 표정으로 서로를 경계하며 누가 먼저랄 것도 없이 닭똥 같은 눈물을 뚝뚝 떨구었다.

명탐정 조이플은 양쪽 안구를 바쁘게 움직이며 두 여자를 힐끔거렸다. 둘 중 하나는 분명 메시지오류로 여기 왔을 것이다. 의뢰한 영혼을 만나면 누가 오류인지 바로 알게 되지만 문제는 내밀한 이 장소에 발을 들여놓았다는 것이다.

생각할수록 골이 욱신거렸다. 진 여사가 괜히 관자놀이를 꾹꾹 누르며 냉수를 찾았던 게 아니었다. 냉수보다 효과가 직방인 건 이거지. 이플은 손바닥으로 이마를 팍 쳤다. 퍽! 수박 깨지는 소리에 두 여자의 눈이 탁구공 만해졌다.

"괜, 괜찮으세요?"

"괜, 괜찮아요?"

반응도 말투도 비스 무리한 두 여자에게 이플은 손가락으로 오케이를 날리고 본업에 몰두하기로 했다. 우선 누가 진짜인지 그것부터 밝혀야 했다. 이플은 확인 작업에 들어가고자 두 여자에게 물었다.

"박강호 씨의 물품을 가지고 왔나요?"

"네. 여기."

중단발의 갈색 머리는 구형 스마트폰을 가져왔다. 이플이 폰에 손을 가져다대자 여자의 인적이 머릿속에 떴다.

임서연 30세.

박강호와 임서연 둘의 애정도가 느껴졌다. 그렇다면 검정 긴 생머리 여자가 가짜인가?

"여기요."

검정 긴 생머리는 박강호의 군번줄을 내밀었다. 손을 갖다대자 여자의 인적이 뜬다. 한지회 27세.

어라, 박강호와의 애정도가 이쪽도 느껴진다. 대체 뭐야, 이 남자 양다리야?

삼각 로맨스의 내막이 궁금해 미칠 노릇이던 이플은 특수 안경을 쓰고 강호의 물건을 손에 쥐었다. 깊게 심호흡을 한 다음 재빨리 로맨스의 남주를 찾아 고고!

어느 때보다도 재빠르게 접속한 이플은 칠흑 같은 어둠의 터널을 고속으로 지나쳤다. 캄캄한 밤을 밀어내듯 새하얀 빛이 삐죽 고개를 내민다. 눈이 멀 것 같은 찬란한 빛들 속에서 영혼들의 숨결이 느껴진다. 아름다운 하프연주 같기도 하고 사랑에 빠진 이의 심장박동소리 같기도 한 애틋하고 신비로운 리듬들. 한번 들어 보면 절대 잊을 수 없는 환상의 그 리드미컬한 음률들 속에서 가장 생동감 넘치는 영혼의 숨결이 부드럽게 귀를 할퀴면 이플은 그의 이름을 망설임 없이 부른다.

찾았다!

박강호 30세. 파상풍으로 사망.

"박강호 영혼?"

강호가 뒤돌자 두 여자의 흐느끼는 울음소리가 곡소리처럼 울려 퍼졌다. 초코는 각 티슈를, 우유는 두루마리 휴지를 사이좋게 물고와 여자들 앞에 내려놓았다. 두리는 살얼음이 둥둥 뜬 수정과에 잣 대신 심신을 안정시키는 퍼퓸스톤을 두 알씩 띄워 건네 주었다. 그러고는 각본 없는 이 로맨스의 남주를 본격적으로 감상했다.

박강호는 누가 봐도 참 잘생겼다. 훤칠한 미남에다 체격도 좋아 보였다. 강호의 직각어깨와 태평양 같은 품은 어느 여자라도 몸을 던지고 싶을 만큼 넓디넓었다. 물론 영혼에게 얼굴은 아무 의미없지만 살아있을 때에는 얼굴 덕 좀 꽤 봤을 것 같았다.

"혹시 메모리얼 향수 가게 조향사?"

"넵. 제가 조향삽니다."

"아, 기다리고 있었어요. 우리 서연이 잘 왔나요?"

"진짜가 임서연 씨군요!"

"네?"

"실은 두 명이 왔어요. 박강호 씨 꿈꾸고 찾아온 여자 분은 총 2명입니다."

"그럴 리가."

"한지희 씨라고 아세요?"

"아….."

짧고 낮은 탄성을 내뱉던 강호의 얼굴을 본 한지희는 가슴을 쥐어뜯었다. 옆에 나란히 앉은 임서연이 한지희를 매섭게 노려보며 따져 물었다.

"도대체 누구세요? 우리 강호를 어떻게 알죠? 여긴 어떻게 온 거예요?"

"오빠는… 흑."

터져 나오는 울음을 두 손으로 틀어막은 한지희는 한동안 흐느끼다가 천천히 입을 열었다. 재미난 드라마의 하이라이트를 보는 것처럼 진두리는 필요이상으로 몰입하며 숨을 죽였다. 조이플은 한지희와 박강호의 이야기를 펼치기 위해 한지희가 가져온 박강호의 군번줄을 쥐고 눈을 감았다.

6년 전, 한지희가 스물 하나였을 때, 맨얼굴에 틴트만 발라도 싱그럽던 그녀 앞에 나타난 박강호는 숨이 멎을 만큼 멋진 남자였다. 태풍이 오는 길목이라 난폭한 비가 내렸고, 광풍에 우산이 뒤집어지는 바람에 지희는 퍼붓는 비에 뭇매를 맞아야 했다. 매몰차게 몰아치는 비바람에 지희의 우산이 자꾸 발랑 뒤집혔다. 가느다란 그녀의 몸이 뒤집힌 우산을 날개삼아 금방이라도 하늘로 날아오를 기세였다.

"어, 어, 어!"

겁에 질려 쩔쩔매는 그녀의 우산을 큰 손이 덥석 붙잡았다. 빗물이 타고 흐르는 커다란 손의 주인을 찾아 지희는 정신없이 퍼붓는 빗속을 뚫고 올려다보았다. 그 얼굴을 마주한 순간 지희의 심장에 철근과 콘크리트도 때려 부수는 치명적인 허리케인이 착륙했다.

알 수 없던 감정들이 격정적으로 휘몰아쳤다. 젖은 흑발과 우수에 찬 검은 눈동자 사이로 곧게 뻗은 콧대는 그녀의 영혼을 찔렀고, 적당히 도톰한 분홍빛 입술은 지희의 두 눈에 판화처럼 찍혀 버렸다. 지름 100센티미터의 우산 안에서 지희는 지각의 변동을 느꼈다.

"얘는 못 쓰겠는데요. 어디까지 가세요?"

비바람에 모진 고문을 당해 너덜너덜해진 지희의 빨간 우산을 두 사람은 애처롭게 쳐다보았다. 떨리는 목소리를 애써

가다듬은 지희는 말줄임표 같은 새카만 눈동자를 응시하며 대답했다.

"그쪽은 어디까지 가는데요?"

파파팍! 스파크가 튀었다.

같은 우산, 같은 버스, 목적지는 달랐지만 같은 곳에 내렸다. 시원한 맥주잔을 부딪치고 뜨거운 눈빛을 주고받았다. 사나운 태풍이 진군하던 날 청춘남녀의 마음은 고약한 태풍보다 더 거세게 휘몰아쳤다. 사랑은 그렇게 난폭하게 청춘의 마음에 한바탕 생채기를 내고 유유히 지나갔다. 지구를 쓸고 간 어마무시한 태풍처럼.

"지희야, 우리 그만 여기서 끝내. 우린 아니야."

사랑이 끝나는 순간은 태풍이 휩쓸고 간 다음날처럼 피폐했다. 어떻게 사랑이 끝날 수가 있을까! 지희는 받아들일 수 없었다. 차갑게 식어 버린 강호의 두 눈을 보면서 세상에서 가장 견디기 힘든 건 사랑이 식어 버린 이의 눈빛이라고 생각했다. 한때 뜨겁게 자신을 바라봤던 눈이라고는 믿어지지 않을 만큼 낯설고 서늘했다. 그것은 날카로운 칼이 되어 지희의 심장을 난도질했다. 실연의 아픔은 지희의 영혼을 서서히 말라죽게 만들었다.

더 나은 미래를 위해 유학을 떠난 강호는 지희의 우산 밖으로 완전히 뛰쳐나갔지만 지희는 여전히 비가 몰아치던 그 우산 안에 있었다. 그의 사랑은 끝났지만 그녀의 사랑은 끝난 적 없기 때문이다.

한지희와 박강호가 예전에 사귀었고 지금은 헤어진 상태라는 것을 안 이플은 이번에는 임서연이 가져온 박강호의 스마트폰을 쥐고 눈을 감았다.

녹록치 않던 유학시절 자신보다 더 열심히 사는 동갑내기 서연에게 강호는 온 마음을 빼앗겼다. 서연은 매력적인 사람이었다. 주변을 돌아볼 줄 알고 지혜롭고 유쾌하기까지 했다. 어떨 때는 털털한 친구 같다가도 또 어떨 때는 팜프파탈처럼 강호의 심장을 쥐락펴락했다.

하루라도 못 보면 숨이 쉬어지질 않았다. 너무 좋아서 섣불리 고백도 하지 못했다. 친구라는 이름으로라도 곁에 있어야 살 수 있을 것 같았다. 그러다 문득 깨달았다. 마지막 눈감는 날 얼굴을 보고 싶은 사람이 서연이라는 것을.

서연을 닮은 아이를 낳아 아빠가 되고 남편이 되어 행복한 가정을 꾸리는 꿈을 꾸던 강호는 마침내 용기를 내어 고백했다. 서연은 타오르는 강호의 마음을 받아들였고, 열두 달의 열애를 끝으로 결혼 날짜를 잡았다. 청첩장을 찍고 노르웨이 베르겐으로 떠날 신혼여행도 예약했다. 그런데 갑자기 서연과 강호의 서사가 끊겼다.

해피엔딩이 아닌 이유를 들여다봐야 하는데 콘트리트처럼 서늘하고 단단한 장막에 가로막혀 이플은 펼칠 수 없었다. 당황한 이플은 인상을 찌푸렸다. 무슨 일인지 이유를 찾으려하는데 눈치를 살피던 한지희가 입을 열었다.

"난 단 하루도 오빠 잊은 적이 없어요…. 오빠가 죽었다는 말을 들었을 때 나도 따라 죽으려고 했어요. 그런데 나랑 같이 죽는 것도 싫은지 날 다시 살렸어요. 흐흑. 오빠… 너무 보고 싶어. 오빠는 내 첫사랑이에요."

서러운 눈물을 뚝뚝 흘리는 한지희에게 서연은 딱한 마음이 들었다. 사람을 사랑하는 마음은 결코 나쁠 수가 없으니까.

"고마워요. 우리 강호를 그렇게나 사랑해 줘서. 이제 나나 지희 씨에게 강호는 그저 추억이에요. 그 사람을 우리 그만 보내줘요. 그 사람이 좋은 곳에 갈 수 있도록 지희 씨 우리 그렇게 해요."

임서연은 울먹이며 한지희의 손을 잡았다. 이대로 드라마가 끝난다면 전형적인 힐링 드라마의 해피엔딩이건만 문제는 슬그머니 서연의 손을 빼는 한지희의 석연찮은 행동에 있었다. 손을 빼는 단순한 행동 위에 드러난 한지희의 남다른 주파수를 이플이 캐치했다.

한지희의 거짓외피가 해파리의 촉수처럼 살랑 살랑거린 것이다. 첫사랑의 아름다운 추억 안에 살고 있다던 한지희는 진실로 가장한 거짓 외피를 뒤집어쓰고 있었다. 한지희가 뭔가를 숨기고 있다. 얼마나 오랫동안 지속된 거짓놀음이었는지 이미 그것은 굳은살처럼 단단해져 있었다.

이플은 송곳처럼 뾰족한 투시로 한지희의 일부처럼 단단해진 거짓외피에 구멍을 뚫었다. 발악하며 방어하던 그것은 감탄스러운 이플의 능력에 의해 조금씩 뜯겨나가기 시작했다. 맙소사! 드라마의 장르는 아름다운 로맨스에서 살벌한 범죄 스릴러로 탈바꿈했다.

임서연과의 결혼이 임박한 박강호를 되찾고 싶었던 한지희는 임서연을 못생기게 만들고 싶었다. 못생기고 병든 여자를 사랑할 남잔 없을 테니까. 그렇게만 된다면 박강호는 부메랑처럼 자신의 품으로 되돌아 올 것이라 믿었다. 변질된 사랑의 욕망은 질투와 집착이라는 무서운 화학물질을 거침없이 내뿜었고, 한지희는 아름다운 첫사랑의 심장에 구멍을 내는 일에 착수했다.

외국인노동자에게 천만 원을 쥐어주면 사람도 죽여 준다는 소문을 들었다. 만기가 코앞인 적금을 깬 한지희는 빳빳한 신사임당으로 천만 원을 준비했다. 오픈채팅에서 만난 K에게 임서연의 사진을 건네고 그녀의 집과 회사를 알려 주었다. 죽이지는 말고 예쁜 얼굴에 흉찍한 상처를 남기라는 요구조건을 내걸었다.

하지만 한지희는 박강호라는 사람을 자세히 알지 못했다. 박강호는 임서연의 얼굴이 아니라 임서연이라는 사람 그 자체를 사랑하고 있다는 걸 말이다. 이미 그의 전부가 되어 버린 서연을 향한 강호의 사랑은 죽음도 불사할 만큼 깊었다. 서연을 대신해 날카로운 칼날에 몸을 던질 수도 있음을 지희는 까마득히 몰랐다.

서연의 집근처에서 서연을 기다리던 K는 고향으로 돌아가기 하루전날 계획을 실행했다. 거사를 치른 뒤 바로 출국하고 내뺄 완전범죄를 계획했다.

D-day날 K는 이 순간을 위해 백번도 넘게 발음한 이름을 확인차 물었다.

"임서연 씨?"

맞다고 하는 순간 품안에 숨겨둔 살벌한 칼로 얼굴을 그으려 마음먹었다. 굳센 마음과는 달리 초짜인 K의 손발이 꼴사납게 후들후들 떨렸다. 돈 때문에 자처한 일이지만 그도 이런 일이 처음이라 두렵고 겁이 났다. 흉기 또한 어디서 굴러다니던 칼을 주위 품에 넣은 것이었다.

서연의 대답만을 숨죽여 기다리는 초조한 그때, 서연의 입에서는 대답대신 돌발적인 재채기가 튀어 나왔다. 누가 봐도 막을 수 없는 강력한 재채기였다.

에-에-춰!

왜 하필 이런 때에. 적잖이 당황한 K는 초조하게 발을 굴리다가 재촉하듯 물었다.

"임서연 씨?"

"서연아!"

마침 차에서 내린 박강호가 서연을 불렀고 이상한 낌새를 느껴 서연에게로 거침없이 달렸다.

서연임을 확인한 K는 마음이 다급했다. 출처도 불분명한 녹슬고 불결한 칼을 품 안에서 꺼내 정신없이 휘둘렀다. 서연은 본능적으로 손으로 칼을 막았다. 서연의 오른쪽 손등에서 붉은 피가 철철 흘러내렸다. 당황한 K가 칼을 다시 휘두르려는 찰나, 득달 같이 달려온 강호가 서연을 보호하고자 몸으로 그 칼을 막았다. 강호가 반격하자 당황한 K가 강호를 또 한 번 찔렀다. 칼에 찔린 강호가 쓰러지고 K는 냅다 달아났다. 녹슬고 불결한 칼이 뚫고 들어간 강호의 몸은 한 달가량 파상풍균과 치열하게 싸웠지만 불운하게도 이겨내지 못했다. 끝내 사망하고 말았다.

「죽이진 말고 얼굴만 그어 주세요. 얼굴 사진 있어야 나머지 입금합니다.」

메모리얼 향수 가게

이플은 한지희가 K에게 전달했던 오픈 톡의 문장을 또박또박 낭독했다. 그걸 듣던 한지희는 소파에서 발딱 일어나 문을 향해 쏜살같이 내달렸다. 그러나 이곳은 메모리얼 향수 가게가 아닌가. 들어올 때도 나갈 때도 자의에 의해 열리는 문이 아니다. 맘처럼 쉽게 도망가지 못한다.

꼼짝마. 어딜 가려고.

향수 가게 든든한 수문장 초코가 으르렁거리며 문 앞을 막아섰다.

나가려면 날 밟고 가야 할 걸.

어디 가서 덩치로 밀리지 않는 우유도 덩달아 으르렁거렸다. 속은 여리고 여린 순둥이지만 날카로운 송곳니를 드러낸 지금은 둘 다 밀림의 맹수였다.

크나큰 죄가 있기 때문에 진실의 칼날이 더 두려운 법이다. 뒷걸음질 친 한지희는 그만 울음을 터트렸다.

"오빠가 죽을지는 몰랐어요. 그저 조금만 다치게 할 생각이었어요. 그럼 오빠가 저 여잘 포기하고 내게 돌아올 줄 알았어요. 그런데… 저 여자 대신 오빠가 그럴 줄은 정말 몰랐어요…. 아으흑."

두 손을 얼굴에 파묻은 채 오열하던 한지희는 바람 빠진 풍선처럼 납작하게 주저앉았다. 임무를 완수한 초코와 우유도 그새 온순해져 자리로 돌아가 앉았다. 진실을 꽁꽁 숨겼던 한지희의 굳은살 같은 장막이 서서히 뜯겨져 나갔다.

이플은 그제야 선명히 보이는 한지희의 지난 일을 스크린에 펼쳐보였다. 박강호를 향한 애정이 무서운 집착으로 변해 버린 한지희는 비밀계정을 개설해서 박강호를 팔로우했다. 그의 거울 같은 온라인 인생 속에서 #결혼 #Forever #약속 #너만을 #내 심장, 박강호의 심정을 대변하는 핑크빛 해시태크를 읽을 때마다 한지희는 눈이 뒤집혔다.

언제 터질지 모를 시한폭탄의 타이머를 눌러 버린 계기는 순백의 웨딩드레스를 입은 임서연의 웨딩사진과 청첩장이었다. 거침없이 돌아가는 한지희의 타이머는 멈출줄을 몰랐다. 이미 한지희는 질투에 눈 먼 악마로 변해 있었다. 시퍼런 광기가 번들거렸다.

"서연이 뱃속에 우리 아이가 있어요."

이플에게 던진 박강호의 폭탄발언에 그 자리에 있던 모두가 소스라쳤다. 여러 개의 시선이 서연의 배에 꽂혔다. 임신이라니! 서연은 본인도 모르는 임신소식에 어리둥절해하며 자신의 배를 내려다보았다.

이 사태를 해결하라며 두리가 이플에게 눈짓했다. 이플은 기를 모아 서연의 숨결에 귀를 기울였다. 신기하게도 가느다란 또다른 숨결이 느껴졌다. 아이가 있다. 박강호 말이 맞

　　　　　　　　　　　　　메모리얼 향수 가게

았다.

"강호 형 말이 맞아요. 누나 뱃속에 아기가 있어요."

서연도 지희도 두리도 놀라 버린 그때 박강호는 그날을 복기하기 시작했다.

"서연이 괴한 앞에 서있던 그날, 난 '아빠, 살려줘.' 하는 가느다란 소리를 들었어요. 미친 소린 거 같지만 내 아이가 하는 소리 같았어요. 사실 그날 서연이랑 약속한 시간은 1시간 뒤였는데 자꾸만 서연이한테 빨리 가고 싶었어요. 그래서 달려갔고, 신비로운 그 소릴 들었죠. 괴한의 칼에 찔려 아득해지는 그 순간에 난 안도감을 느꼈어요. 내가 두 사람을 살렸구나하는…. 그날 내가 괴한의 칼을 막아서지 않았더라면 난 내가 사랑하는 두 사람을 한꺼번에 잃었을 겁니다. 난 후회하지 않아요. 다시 그날로 돌아간대도 난 똑같이 그럴 겁니다."

서연은 아직 아무것도 느껴지지 않는 자신의 배를 부드럽게 감싸 안았다. 강호를 그렇게 떠나보내고 절망 속으로 정처 없이 가라앉느라 생리가 끊긴지도 몰랐다. 가끔씩 헛구역질을 하면 대수롭지 않게 화장실로 달려가 속을 게웠다. 그런데 그 신호가 열심히 살고 있다는 아이의 신호였다니. 뱃속에 그의 아이가, 이제 더는 볼 수 없는 그리운 그의 아이가 있다니. 서연은 조금 전 강호가 했던 애틋한 말들을 단단히 붙들었다. 그의 죽음이 헛되지 않게 열렬히 살아야 한다는 결연한 의지가 서연을 살고 싶게 만들었다. 무엇보다 서연은 엄마가 되고 싶었다.

이 모든 상황을 불편하게 지켜본 한지희의 양심은 이제 제법 말랑말랑해져 무엇을 얼마만큼 잘못했는가를 크게 깨달았다. 서연의 앞에 무릎을 꿇었다. 진심으로 고개를 숙이고 통회의 눈물을 쏟았다.

"미안해요. 미안해요. 내가 잘못했어요. 정말 미안해요. 흑. 날 용서하지 마세요."

고개를 폴더처럼 숙인 한지희의 검은 머리카락이 바닥에서 흐느적거렸다. 흐느적대는 머리카락 사이사이로 한지희의 통곡소리가 새어 나왔다.

얼빠진 사람처럼 그 소리를 듣고만 있던 서연은 뱃속의 아이를 의식한 듯 조심스럽게 일어나 한지희에게 다가갔다. 몇번을 주저하다가 서연은 흔들리는 한지희의 어깨를 붙들어 일으켜 앉혔다.

"한지희 씨, 내 말 잘 들어요. 당신을 용서하기 힘들지만 죽은 오빠와 뱃속의 아일 생각해서 용서하도록 노력할게요. 다만, 참다 참다 화가 치밀면 당신한테 악독한 저주를 퍼부을지도 몰라요. 하지만… 하, 그런 마음도 죽을힘을 다해 삼켜 볼게요. 난 이제 엄마가 되어야 하니까요."

한지희를 용서하는 임서연의 모습에 이플은 크게 혼란스러

왔다. 당장에 달려들어 죽이니마니 육탄전을 벌여도 시원찮을 판에 용서라니! 용서가 저렇게 쉽고 간단했나. 언제부터? 용서란 모름지기 하려고 마음먹기까지가 한 오백 년은 걸리고 마음먹었다가도 몇 분 간격으로 바뀌는 신호등처럼 바뀌어야 마땅한 것인데!

아직 얼굴도 보여 주지 않은 뱃속의 아이가 사람을 저렇게까지 변화시킨다고? 어둠에서 빛으로 끄집어 내는데 그 어떤 초능력도 필요하지 않았다. 엄마에게 아이가 초능력인가? 과연?

또다시 삐딱선을 타려던 이플은 정신을 차리고 일에 집중했다. 박강호와 임서연을 만나게 해 줄 시간이다. 제대로 된 둘의 작별을 주선하기 위해 이플은 임서연의 손을 그러쥐었다. 한지희는 그동안에도 양심의 뜨끔한 바늘세례를 실시간으로 받고 있을 터였다.

순백의 웨딩드레스를 입은 서연은 은방울꽃 부케를 들고 강호를 바라보며 버진로드를 걸어 들어갔다. 소담한 꽃들이 장식된 그 길을 지나 강호의 손을 잡았다. 그의 손은 서연이 기억하는 것처럼 기분 좋게 따듯했다. 항상 손이 찬 서연의 장갑처럼 강호의 손은 언제나 서연의 손위에 포개져 있었다.

코끝이 시큰거린 서연은 너무도 그리웠던 강호의 얼굴을

그리듯 눈에 담았다. 이렇게라도 그의 신부가 되어 결혼식을
할 수 있어 행복했다. 서연은 하루라도 빨리 강호의 아내가
되고 싶었다. 결혼식 전에 혼인신고를 먼저 하자고 조른 것도
서연이었다. 친구처럼 지낼 때에는 그의 마음을 알지 못해 전
전긍긍했는데 강호가 먼저 고백해 주어 세상을 다가진 것 같
았다. 더는 바랄 것이 없었다.

"우리 서연이 너무 예쁘다. 내가 이 모습을 못 보고 죽어서
총각귀신 될 뻔 했잖아."

"자긴, 유부남인데. 총각귀신이라니. 말이 돼?"

그제야 서연과 강호는 유쾌하게 웃었다.

"서연아, 네가 그랬지. 왜 사랑한다는 말을 하지 않느냐고."

"응, 그랬지."

"그건 네가 너무 좋아서 사랑한다는 말을 못하겠더라. 내가
그 말을 하면 우리 관계의 절정 같아서 두려웠어. 네 마음이
식을까 봐."

"그랬구나."

"그런데 결국은 그 흔한 말 한번 못하고 널 떠나게 됐잖아.
아, 내가 그 생각하면 잠을 못 자."

"자기, 거기서도 불면증 있는 거야?"

"아냐. 잠도 잘 자고 잘 있어. 그니까 너도 잘 살아. 나처럼
잘 먹고 잘 자고. 씩씩하게 우리 아이… 잘 키워 주라. 약속해.

메모리얼 향수 가게

앞으론 혼자 울지 않겠다고."

"어, 이제 안 울어. 난 엄마잖아."

혼자 아이를 키워 낼 서연의 모습을 떠올리던 강호는 가슴이 미어졌다.

"혼자 두고 가서 미안해."

"그런 말 하지 마. 자기가 우리 목숨을 구했잖아. 내가 미안하지."

"서연아, 사랑해."

"……."

울지 않겠다고 아랫입술까지 질끈 깨물었지만 서연은 결국 울고 말았다. 마지막은 웃는 모습으로 기억되고 싶었는데, 뜻대로 되지 않아 속상함에 더 눈물을 쏟고 말았다.

"거봐, 또 울잖아."

서연을 살포시 끌어안은 강호는 서연의 정수리에 얼굴을 묻었다. 작지만 뜨거운 이 몸을 처음 끌어안던 날 강호는 생전처음으로 두려운 것이 생겼다. 이 여자를 잃게 될까 봐 두려웠다. 서연을 사랑하면 할수록 두려움은 커졌고 다가오지도 않은 이별을 걱정하며 어리석게 살았다. 강호는 이제야 알았다. 곁에 있을 때 맘껏 보고 맘껏 표현하며 지금 이 순간이 마지막인 것처럼 사랑하며 살아야한다는 것을 죽고서야 깨달았다.

악성 그리움과 서글픔으로 오염된 강호와 서연의 영혼이 점차 정화되고 있었다. 강호의 기억 속 퍼퓸스톤들이 먼지처럼 흩날리다가 둥둥 떠다니기 시작했다. 박강호의 30년 인생의 다양한 향들이 어지러이 흩날렸다. 어떤 날은 달콤쌉싸름하고, 어떤 날은 시큼하고 상큼하게, 청춘의 끝을 향해 달려가던 박강호의 향들은 다이나믹하고 박진감이 넘쳤다. 롤러코스터나 활강스키를 타는 기분으로 강호의 향들과 함께 울렁이던 이플은 유려하게 손바닥을 내밀었다. 강호의 일생의 향들 중 필요한 향들만 쏙쏙 골라 이플은 끌어당겼다.

박강호의 향수 디자인을 마친 이플은 조향대로 향했다.

탑노트 강호의 개구쟁이 유년시절 퍼퓸스톤들 + 박강호의 첫 느낌 같은 박강호 본연의 체취와 서연이 특히나 좋아했던 조깅하고 난 뒤 풍기던 강호의 땀 냄새.

소울노트 처음 서로를 안았던 날, 연 주홍빛 나른한 조명아래서 서로의 옷을 수줍게 벗기고 서툰 몸짓으로 사랑을 나누었던 첫날밤의 모든 향기들. 후끈한 열기 안에 엉겨 붙던 서로의 체취와 서로의 화장품 냄새를 비롯한 그 밤을 떠올릴 향을 더 진하게.

라스트노트 임종 전 소독 냄새가 아닌 그의 머리맡에 있던 막실라

니아 난에서 풍기던 헤즐넛 꽃향으로 아련하게, 현명한 엄마가 되어 아일 잘 키울 수 있도록 다양한 책들의 지적정보 무한대를 더했다.

박강호의 향수는 지중해의 바다색 같은 블루라군의 칵테일 빛깔이었다. 청량하고 시원한 여름바다에서 액티비티를 즐기는 박강호를 떠올리게 했다.

이플은 박강호의 향수에다 한 가지 기능을 추가했다. 장차 태어날 아이가 아빠의 향을 맡았을 때, 아이가 꿈에서 아빠를 만날 수 있게 해 줄 코드를 삽입했다. 오직 박강호의 유전자를 가진 아이가 향수를 맡았을 때에만 반응할 터였다.

울다 지친 한지희는 구석 모퉁이에 여전히 쪼그리고 있었다. 이플은 이번에도 모른 척 넘길 수가 없었다. 향수 가게를 나가 자수하여 죗값을 치를 수도 있겠으나 그러기엔 임서연과 뱃속의 아이가 너무 불쌍하다는 생각을 떨칠 수가 없었다.

한지희에게 줄 박강호의 향수는 기본 베이스는 거의 같았지만 확연한 차이가 있었다. 자신 때문에 죽은 박강호의 향을 맡을수록 가슴이 찢어지는 고통을 느낄 테니까. 거기에다 한 가지 추가하자면 온 마음을 다해 끔찍이도 사랑했던 사람의 죽음이 자신 때문이라는 잔인한 그 사실을 잊을만하면 상기

시킬 기능을 디자인해 건네 주었다.

향수 가게는 이렇듯 오류인척 하며 억울한 사건을 해결했다. 때론 오류가 위대한 발명품을 탄생시키기도 하고, 엄청난 이론을 확립하기도 하는 것처럼, 때론 틀리고 다른 무엇이 세상을 변화시킨다는 것을 이플은 조용히 인정했다.

8.

삶과 죽음은
한 끗 차이

진두리의 머리가 처음부터 백발이었던 건 아니다. 그녀의 머리가 새하얗게 세어 버린 시점은 남편인 서기주가 죽던 날부터였다. 서기주는 이안류에 휩쓸려 떠내려가던 피서객 두 명을 구하고 정작 본인은 사흘 뒤에 싸늘한 시신으로 발견되었다.

"삶은 한 끗 차이야." 서기주는 날마다 깊은 물속으로 뛰어드는 자신을 보며 불안해하던 두리에게 유쾌하게 말했었다. 한 끗의 경계를 어느 날 불쑥 넘어 버린 서기주는 진두리의 영원한 그리움으로 박제되었다.

"진 여사. 출발 안 해? 오늘 기일이잖아."

먼 그리움 너머를 응시하던 두리 앞에 이플이 자릴 잡고 앉았다. 이제는 알아서 기주의 기일도 챙긴다. 녀석 많이 컸다. 처음 봤던 그날은 요 꼬맹이가 뭘 하려나, 걱정스러웠는데 어느새 의젓해진 이플이 두리는 마냥 흐뭇하기만 했다. 자식을 바라보는 엄마의 마음이 이런 거겠지.

"근데 넌 왜 자꾸 진 여사라 그래? 우리 호칭에 변화를 줘 보자. 좀 긍정적이고 상호작용을 할 수 있는 걸로."

호칭이 뭔 대수냐는 듯 이플이 머리를 긁적였다.

"갑자기?"

"그래 갑자기다. 그건 그렇고. 넌 나 다녀올 동안 뭐할 건데?"

"신나게 놀아야지."

"신나게 게임하겠지."

어떻게 알았지? 귀신이네. 이플은 진두리의 예지력에 하마터면 호들갑스럽게 맞장구를 칠 뻔했다.

"같이 갈래?"

"어딜?"

"바다."

이플은 저도 모르게 고개를 끄덕였다.

매년 혼자만 다녀오던 진두리가 그곳에 같이 가자고 한 건 오늘이 처음이다. 무찔러야 할 적군이 많지만 여느 때와는 다른 두리의 분위기 때문에 이플은 얼떨결에 따라나섰다.

초코와 우유를 대동한 두리와 이플은 어느새 푸른 바다 앞에 섰다.

초코와 우유는 그들의 광대한 스케일에 걸맞게 드넓은 백사장을 보며 신이나 폴짝폴짝 뛰었다. 부드러운 모래 촉감에 간지럼을 느낀 초코와 우유가 까르르 웃으며 자지러졌다. 그러기를 반복하던 우유가 발딱 일어나 야릇하게 눈을 흘기며 혀를 날름거렸다.

나 잡아봐~~~라.

콧소리 가득하게 짖던 우유가 교태를 부리며 먼저 달리기 시작했다.

유휴! 잡히면 뽀뽀 백번!

우유를 잡겠다고 초코가 그 뒤를 따라 쌩쌩 달렸다.

볼수록 가관이다. 이플이 정신줄을 놓은 두 개를 보며 고개를 가로저었다.

"잘들 논다. 쟤네를 보면 개 팔자가 상팔자라는 말이 왜 나왔는지 알겠어."

두리는 작게 웃다가 파도가 밀려오는 해안에서 멀찍이 뒤로 물러나 앉았다.

신발과 양말을 벗은 이플은 밀려오는 파도에 발을 담갔다. 차갑고 부드러운 바닷물이 발을 휘감을 때마다 몸을 담그고 싶은 강한 욕구를 느꼈다. 피부가 엉망일 때에는 수영은 꿈에서나 가능한 일이었다. 그래서 부활하고 난 후 맨 먼저 한 일이 수영을 배운 거였다. 냄새나는 락스물에만 몸을 담갔지 청량한 바닷물에 몸을 담근 적은 한 번도 없었다. 안 들어가는 게 이상했다.

시원하고 짭짤한 바다 냄새를 깊게 들이마신 이플은 첨벙 첨벙 물속으로 달려 들어갔다. 아직 물이 차긴 했지만 온 몸으로 감기는 부드럽고 차가운 일렁임에 이플은 벌써 매료되고 말았다.

"조이플! 아직 물이 차!"

"시원하고 좋아. 야호!"

신 바람난 이플은 두리를 향해 손을 번쩍 흔들었다. 안절부절 못하던 두리는 목청껏 소리쳤다.

"너무 깊은 덴 들어가지 마!"

"오키!"

"진짜 조심해야 돼! 멀리가면 안 돼!"

어느새 바닷물에 몸이 잠긴 이플을 보며 두리는 잔뜩 겁이 났다. 서기주를 삼킨 바다가 아직도 무서웠다. 십 수 년이 지난 지금도 여전히 그립고, 그날의 아픔이 만성통증처럼 몸 구석구석에 포진해 있었다. 그런 두리의 마음을 조이플이 알리 만무했다.

이플은 처음으로 맛보는 소금물에 기분이 끝내주게 좋았다. 기다리던 순간이 왔고 소중한 그 순간을 한껏 만끽하고 싶었다. 커다란 파도가 달려오면 이플은 몸에 힘을 빼고 부드럽게 파도를 넘었다. 파도와 한 몸처럼 움직였다.

끝이 없는 바다의 매력에 더 깊이 빠져든 이플은 감격스런 환희의 소릴 질렀다. 그러자 물을 좋아하고 물에서 사람을 구조하던 본능이 되살아난 초코도 쏜살같이 바다 속으로 풍덩 뛰어들었다. 이런 둘을 지켜보던 두리와 우유는 백사장에 엉덩이를 붙이고 나란히 앉았다. 보드라운 바람이 두리의 뺨을 스치고 달아났다.

철썩철썩. 떠밀려갔다 다시 밀려오기를 반복하는 바지런한 파도를 보며 두리는 영원히 떠난 기주를 떠올렸다. 그를 향한 그리움이 털끝만큼도 퇴색되는 것이 싫어 그의 향수를 만드는 것도 거부했었다.

가끔은 가슴에 드릴로 구멍을 뚫는 극심한 그리움에 온몸이 뒤틀려도 그런 아픔조차도 온전히 느끼고 싶을 만큼, 흐르는 세월 따라 무심하게 잊힐 사람으로 남기고 싶지 않을 만큼, 두리는 서기주를 사랑했다.

나중에 은퇴하면 에메랄드 빛 바다가 넘실대는 곳에서 노후를 보내자던 그의 목소리가 아스라이 귓가를 맴돌았다.

수상구조원이던 서기주는 최고의 수상구조견이던 초코의 핸들러였다. 학대받는 개들을 구출하는 활동가이던 두리와 기주가 사랑에 빠진 건 어쩌면 예견된 일이었다.

오랜만에 휴가 중이던 기주와 초코는 달리는 게 용한 고철

덩이를 타고 발길 닿는 데로 여행을 가 보자는 취지로 집을 나섰다. 근사한 관광지로 출발도 전인 경기도의 어느 외곽에서 덜덜거리던 고물차가 갑자기 멈춰서 버렸다. 길바닥에 누워 떼를 쓰는 아이처럼 막무가내로 퍼져 버렸다. 이곳이 목적지이리라 단념한 서기주는 시원한 카페라떼를 한잔 사서 초코와 그 인근을 돌았다.

우연히 발견한 그곳은 아름다운 곳이었다. 새하얀 눈이 내려앉은 듯 커다란 이팝나무가 흐드러지게 피어있던 그곳은 제법 큰 호수도 있었다. 서기주는 잠깐 고민을 했다. 호수 건너편과 연결된 나무다리를 건널까, 직진을 할까, 이런 하찮은 고민에 휩싸인 적이 생전처음이었던 그가 스스로를 비웃었을 때, 그 고민을 초코가 단번에 해결해 주었다.

초코는 나무다리를 향해 굳세게 방향을 틀었다. 인공 나무다리의 중간지점쯤 왔을 때 서기주는 흔히들 말하는 운명이란 초인적인 힘이 자신의 가슴으로 로켓을 쏴 올리는 걸 느꼈다. 아무런 기대 없이 걸었던 그 다리 건너에 서 있는 진두리를 보았기 때문이다.

세 강아지의 리드줄을 꽉 붙든 진두리는 서기주가 가장 사랑하는 바닷물색인 에메랄드 티셔츠에 군청색 진을 입고 있었다. 포니테일로 대충 올려 묶은 머리스타일이 상큼하게 어울리는 어여쁜 아가씨였다.

초코를 보며 환하게 웃는 진두리와 눈이 마주친 순간 대한민국의 밤을 사흘동안 환히 밝힐 수 있는 방대한 전류가 흘렀다. 왜 하필 오월의 햇살 속에 서있는 것인가. 어쩌자고! 저것은 천사인가. 인형인가. 찌리릿!

오, 아름다우십니다! 혹시 등 뒤에 숨긴 것은 날개인가요? 이렇게 만난 것도 운명인데 우리 결혼이나 할까요? 그쪽처럼 예쁜 개상은 처음입니다, 와, 입술에서 딸기우유맛이 날 것 같아요. 맙소사. 온갖 유치하고 도발적인 멘트가 서기주의 머릿속을 허락도 없이 들락날락거렸다. 서기주는 가쁜 숨을 몰아쉬느라 물속에서처럼 숨을 참아야했다.

지랄과 발광을 넘나드는 서기주의 심장만큼이나 진두리의 심장도 만만찮게 주인을 못살게 굴었다. 서로의 심장은 서로를 알아보고 숨 가쁘게 날뛰었지만 못난 두발은 섣불리 움직이지 못했다. 발 벗고 나선 것은 두리가 임시보호중인 찐빵, 감자, 그루 그리고 그들의 오작교 초코였다.

녀석들이 막무가내로 서로의 냄새를 맡겠다고 달려들어 난리를 치는 통에 리드줄이 엉켜버렸다. 둘은 졸지에 서로의 손끝이 스치는 거리에 서게 되었고, 덕분에 서로의 팔이 닿고, 눈이 마주치고, 들뜬 숨결을 들키고, 두리의 두 뺨과 기주의 양쪽 귀가 저녁노을처럼 시뻘겋게 달아올랐다.

그렇게 사랑은 소낙비처럼 예고 없이 그들의 가슴을 흠뻑

적시고 오월의 햇살과 청춘의 열정을 거름삼아 한아름 꽃을 피웠다. 아름다운 시절 아름다운 청춘남녀의 로맨스는 그렇게 밤낮을 태웠다.

두리가 추억에 한창 젖어 있을 무렵 물에서 나온 초코가 다가왔다. 젖은 몸을 크게 털던 초코의 입에는 이플의 파란색 야구모자가 물려 있었다.

"초코, 왜 혼자야?"

서둘러 자리를 털고 일어난 두리는 초코에게 다가갔다. 뭔가 불길한 기류가 모래처럼 발가락 사이로 빠져나갔다. 두리와 가까워지자 초코는 입에 문 모자를 떨어트리고 바다를 향해 맹렬하게 짖었다.

형이 갑자기 사라졌어.

"뭐!"

가슴이 철렁 내려앉은 두리는 물결치는 수면 위를 둘러보았다. 이플이 보이지 않았다. 삽시간에 공포가 몰려왔다.

"조이플! 이플아!"

첨벙첨벙.

그토록 두렵던 깊은 바닷물 속으로 두리는 지체 없이 몸을 던졌다. 사랑하는 남편을 삼켜 버린 바다를 향해 거침없이 돌진했다. 미친 듯이 두 팔을 휘저었다. 이 아이 대신 날 데려가라고 짠 바닷물을 가르며 수도 없이 되뇌었다. 하지만 이플은 보이지 않았다.

"초코! 이플이 어딨어! 찾아 얼른!"

뒤따라 들어온 초코에게 버럭 소릴 질렀다. 덩달아 놀란 초코도 기가 죽어 끽소리도 내지 않았다. 눈물이 하염없이 흘러내렸다. 가장 소중한 존재를 또 잃을까 봐 왈칵 겁이 났다.

이플을 처음 만났던 때, 이플의 나이 고작 열둘이었다. 한창 사랑 받았어야 할 아이의 가슴에는 닦아도 지워지지 않는 시퍼런 멍이 들어 있었다. 살아생전 아이의 삶은 차마 눈뜨고는 못 볼 정도로 고통스러웠다. 전신을 뒤덮은 비늘 같은 피부가 아이의 행복을 모조리 앗아갔다. 세상으로 들어가기가 무섭게 곧장 튕겨 나왔으며 그럴수록 아이는 좌절하고 절망했다. 다시 살아나 메모리얼 향수 가게에 조향사로 오기까지 아이는 지구 열두 바퀴는 돈 것 같은 고단함을 안고 있었다.

이플이 그림자처럼 끌고 다니던 절망이란 무서운 놈을 두리는 누구보다 잘 알고 있었다. 서기주가 죽은 뒤 늘 두리의 멱살을 움켜쥐던 악명 높은 놈이었다.

두리가 죽던 날도 그것이 숨통을 조여 왔다. 서기주를 데려간 바다를 다녀오다 정신줄을 놓았다. 뒤늦게 핸들을 틀었지만 차는 이미 전복됐고, 두리와 뒷좌석에 타고 있던 초코의 심장은 멈춰 버렸다. 그러다 7분 후, 기적처럼 다시 뛰기 시작했다. 이플이 살아났을 때처럼, 메모리얼 향수 가게 역대 조향사들이 살아났을 때와 같이 세상은 신비로운 그 일을 기적으로 보도했다.

부활한 후부터 그녀에게는 특별한 능력이 생겼다. 동물들의 목소리가 들리기 시작했다. 특히 남다른 애정을 보였던 개들의 소리가 가장 또렷하게 들렸다. 그리고 특별한 능력을 준 하늘에서는 그녀에게 임무를 주었다. 메모리얼 향수 가게를 꾸려나가는 총책임자의 임무. 메모리얼 향수 가게에 완전히 적응하기까지 방황하던 자신의 모습이 열두 살 어린 이플에게서 보였다.

뾰족한 가시로 애써 숨기고 있지만 상처투성이인 이플이 두리는 너무 짠했고 신경 쓰였다. 숨 막히도록 끌어안고 등을 토닥이며 위로해 주고 싶었다. 어쩐지 아들 같았다.

4년이라는 시간동안 동고동락하면서 이플의 육체적인 변화는 물론 정서적인 변화도 지켜보았다. 이플의 눈부신 성장은 두리의 가슴을 뿌듯하게 만들었다. 영혼의 향수 가게 조향사와 매니저로 만났지만 두리는 이플을 유일한 가족이라 생각했다. 그런 아이를 잃을까 봐 두리의 가슴은 성난 파도처럼 요동쳤다. 미칠 것처럼 화가 치솟았다.

"서기주! 어떻게 좀 해봐! 제발 데려가지 마! 부탁이야… 이플이는 안 돼! 차라리 날 데려가…."

야속한 바다를 향해 울부짖던 그때 하늘에서 오색찬란한

구슬들이 다이빙하듯 떨어졌다. 부드러운 빛을 발산하던 그 것은 익숙한 향을 품고 있었다. 맡기만 해도 편안해지는 그 향을 두리는 잘 알았다. 절대 잊을 수 없는, 세상 하나뿐인 영 혼의 향이었다. 이플이 조향했던 영혼들의 향수.

"아."

두리의 단전에서 외마디 탄성이 터져 나왔다. 차가운 해 수가 따뜻해지면서 뼛속을 파고들던 냉랭한 한기가 싸악 가 셨다. 거친 파도도 정신없던 바람도 잠잠해졌다. 시간이 멈춘 것 같았다.

반짝반짝.

오색찬란한 수많은 구슬들이 어느 한 지점에 떨어져 원형 을 이루며 반짝였다. 뺨을 스치는 공기가 카스텔라처럼 부드 럽고 모든 소리가 침묵하던 그때 두리는 보았다. 해수면을 박 차고 오르는 서기주를. 돌고래처럼 힘차게 숨을 내뿜으며 이 플을 데려오고 있었다. 살아생전 수상구조원이던 그 모습 그 대로였다. 그 옆을 그의 수상구조견인 초코가 따랐다. 말문이 막힌 두리는 그 둘을 따라 재빨리 물살을 헤치고 해변에 도착 했다.

서기주는 마른 모래 위에 이플을 조심스레 뉘어놓았다. 해 변에서 기다리던 우유가 이플의 얼굴을 핥으며 반겨주었다.

"이플이는 괜찮을 거야. 잠깐 잠든 것뿐이야. 곧 일어나."

서기주의 목소리가 틀림없었다.

"정말… 당신이야?"

눈앞에 두고도 믿기지 않던 진두리는 서기주의 얼굴을 빤히 쳐다보았다. 그의 얼굴과 머리카락에 송골송골 맺힌 물방울들이 하나도 떨어지지 않았다. 두리는 남편이 다른 곳에서 잠시 왔다는 걸 느낌으로 알 수 있었다.

"그럼 나지. 우리 여보는 잘 지냈어?"

두리의 얼굴을 두 손으로 감싸 안은 기주는 눈물이 그렁그렁 맺힌 두리의 젖은 눈을 들여다보았다. 자신을 향한 그리움 때문에 백발이 된 아내의 머리카락도 만져보고 어느새 눈물이 흐른 두 뺨도 어루만졌다.

"아니… 나 엉망으로 살았어. 당신을 아직도 붙들고 있었어. 그러면 안 되는 걸 누구보다 잘 아는 내가 그러고 있었어."

"알아. 이제 나 잊고 행복하게 살아. 그만하면 됐어, 충분해."

"그래야겠지?"

"그럼, 그래야 여보도 좋고, 나도 더 좋은데 가지."

"나, 당신이랑 사는 동안 정말 행복했어. 한순간도 사랑하지 않은 적이 없었어. 당신은 나의 전부였어. 그래서 손에 꼭 쥐고 있었는데… 바보같이 오늘에서야 알게 됐어. 정말 사랑하면 놓아주는 법도 알아야 한다는 걸. 이젠 정말 당신 놓아

메모리얼 향수 가게

줄게. 그럴 수 있을 것 같아."

"이젠 나도 편히 갈 수 있겠다. 이리 와, 우리 두리 오랜만에 한번 안아 보자."

기주는 한시도 잊은 적 없는 사랑하는 사람을 가슴 가득 품어 안았다. 기주와 두리의 심장이 오랜만에 다시 맞닿았다. 하나 된 심장이 함께 뛰고 모든 생각과 감정까지 공유하게 되었다. 둘의 기억 속에 저장돼 있던 함께 한 그 모든 날들이 하얀 구름처럼 펼쳐졌다. 비록 아프게 헤어졌으나 후회 없이 사랑했으며, 그들의 추억은 하나도 버릴 것 없이 소중하고 아름다웠다.

죽은 이는 떠나야 하고 남겨진 이는 살아야 하기에, 그 진리를 누구보다 잘 아는 메모리얼 향수 가게 매니저이기에, 진두리는 환상 같은 기주의 품 안에서 비로소 그를 놓아 주었다. 실로 완전한 작별이었다.

서기주가 완전히 떠난 뒤, 진두리는 눈물에 얼룩진 두 뺨을 야무지게 닦고 이플에게 다가가 앉았다. 깨어난 이플이 눈을 가늘게 떴다.

"뭐야. 난 초능력자 아녔어? 또 죽을 뻔 했잖아."

겨우 짜낸 목소리로 말하는 이플을 두리는 와락 껴안았다. 온 마음을 다해 등을 토닥이고 머리를 쓸어주며 뜨거운 눈물을 쏟았다. 고맙다, 고마워. 살아줘서 고마워.

"이 놈의 시키. 깊은 데 들어가지 말라고 했지!"

기쁜 만큼 버럭한 두리는 젖은 이플의 몸을 더 꽉 끌어안았다.

반가움에 겨워 우유는 이플의 얼굴이 침범벅이 되도록 마구 핥았다.

앞으로는 오빠 신발을 갈비처럼 물어뜯지 않을게, 약속해.

형, 제발 속 좀 그만 썩여라. 우리 엄마 늙는다, 늙어. 암튼 살아 돌아온 걸 격하게 환영해!

초코까지 이플에게 몸을 비벼 대며 애정공세를 펼쳤다. 지금 이 순간만큼 조이플은 하늘아래 가장 행복한 사람이었다. 살아나길 잘했어, 조이플!

집으로 돌아온 두리와 이플은 억겁의 시간을 함께 여행하다 온 것처럼 쫀쫀해졌다. 투명한 실 한 가닥이 두리와 이플의 손목을 끈끈하게 연결해 주는 것처럼 전에 없던 유대감이 둘을 꽁꽁 묶어놓았다.

여느 날처럼 저녁을 먹는 자리에서 두리는 큼직한 상추쌈을 싸면서 대수롭지 않게 툭 내뱉었다.

"엄마라고 불러."

"!"

깜짝 놀란 이플이 신나게 씹어 대던 삼겹살 석 점을 미처

삼키지도 못하고 얼어 버렸다. 두리는 저걸 어떻게 입에 넣을까 싶던 거대한 상추쌈을 이플의 입속으로 골인시켰다.

"호칭 말야. 넌 엄마. 난 아들. 그렇게 부르기로 난 결심했어."

양 볼이 터질 듯 상추쌈을 씹던 이플의 심장이 날뛰는 생선처럼 파다닥거렸다. 이게 무슨 감정일까. 해연을 생각할 때와는 다르고 초코와 우유를 생각할 때와 좀 비슷하기도 한 생소한 애틋함이랄까? 이플은 모처럼 반박하지도 콧방귀도 뀌지 않았다. 그저 가슴이 두근두근 뛰었다.

엄마?…

까슬거리지만 어쩐지 혀 밑에 숨겨 두고 싶은 그 호칭이 이플은 싫지 않은 것 같았다. 다만 오도독 씹힌 오돌뼈가 거슬려 인상을 아주 조금 썼을 뿐.

"아뇨, 오돌뼈를 자르고 쌈에 넣었어야지. 어금니 나갈 뻔했잖아."

"아니, 정육점 김 씨는 오돌뼈 없는 걸로 달라고 했더니만. 하마터면 울 아들 이빨 나갈 뻔 했네. 어디 봐, 괜찮아?"

"어, 괜찮아."

피식, 웃음을 삼킨 이플은 삼겹살 석 점을 쌈장에 듬뿍 찍어 두리의 밥 위에 슬쩍 올려놓았다. 평소보다 더 열렬히 고기를 굽던 두리는 이플의 애정 어린 삼겹살 석 점을 한입에

넣어 행복하게 씹었다. 삼겹살이 이토록 맛있었던가. 두리는
나머지 남은 삼겹살도 몽땅 불판 위에 올렸다.

"그래도 삼겹살은 김 씨네가 최고다. 그치?"

"다음엔 항정살도 사. 그것도 먹고 싶단 말이야."

"알았어. 다음엔 항정살도, 어, 갈매기살도 사자."

두리가 집게로 삼겹살을 뒤집는 족족 이플의 입으로 들어
갔다. 이플이 맛있게 먹는 모습을 보는 것만으로도 두리는 배
가 불렀다. 제 입이 아닌 다른 입에 고기가 들어가는데 배가
부른 어처구니없는 이 상황이 두리는 내심 마음에 들었다.

말로 설명할 수 없는 진귀한 일들 속에 파묻혀 살다보니 이
제 이만한 일쯤은 달걀노른자의 쌍알을 발견했을 정도의 놀
라움이랄까. 거기다 투플러스 행복은 덤.

두리는 이플이 좋아하는 얇게 썬 감자도 불판 위에 올려놓
으며 마음이 이토록 편안했던 적이 마지막으로 언제였는지
를 되짚어 보았다. 남편 기주가 죽고는 처음이었다. 평생 메
꿀 수 없을 것 같던 기주의 빈자리를 이플이 서서히 채워 주
고 있었다는 걸 오늘에야 알았다.

두리는 이제 바다가 무섭지 않았다. 떠올리기만 해도 숨이
턱턱 막히고 갈비뼈가 으스러질 것 같은 고통이 사라졌다. 서
기주의 죽음으로부터 완전히 자유로워진 것이다. 그건 아마
도 남편을 잃었던 바다에서 사랑스러운 아들이 생겼기 때문

메모리얼 향수 가게

일 것이다.

9.

원더풀
조이플!

나는 말 그대로 정말 갑자기 죽었다. 요즘은 예능프로조차도 다음 화를 짐작하는 예고편이 있던데 내 삶의 마지막은 정말 아무것도 없었다. 할리퀸 어린선이란 희귀병으로 고생이란 개고생은 다 하다가 열두 살 생일을 앞둔 불금 오후에 창밖을 지나가는 '멀쩡한' 아이들을 도둑처럼 훔쳐보다가 심장마비가 왔다.

여기서 내 삶이 끝난다면 불쌍한 희귀병 소년의 안타까운 짤막한 단편 이야기로 마침표를 찍겠지만, 아니다. 나의 사망 선고를 하던 의사의 목소리가 어렴풋이 들리기에 나는 눈을 번쩍 떴다. 죽어서 그 고통이 끝났나보다 생각하던 그때, 놀라 자빠지기 일보직전인 의료진들을 포함한 나의 네 번째 엄마 유스티나 수녀의 얼굴이 보였다.

불타는 고구마처럼 뜨겁게 타들어가던 꽃분홍 피부의 열감도 사라지고, 도려내고만 싶던 극한의 간지러움도 꺼져가는 불꽃처럼 점차 사그라졌다. 정말 거짓말처럼 벌겋던 내 피부가 흰 우유빛깔로 변해가는 것을 거기 있던 모두가 지켜보았다.

내가 그렇게도 열망하던 '멀쩡한 인간'으로 다시 태어난 것이다. 피부도 멀쩡하고 가렵지도 아프지도 않은, 진짜 멀쩡한 보통 인간. 게다가 영혼과의 교감능력, 영혼의 향수를 제조하는 비법, 전엔 안 나던 신비로운 향까지. 마블영화의 히어로처럼 초능력자가 된 기분이었다. 그런 거 다 제쳐두고 기적적으로 다시 살아났다는 것이다, 것도 멀쩡하게.

야호! 그러고 보면 수녀엄마들이 질리도록 외친 '원더플 조이플!'이라는 말이 그대로 실현된 셈이다. 좋은 말 고운 말이 한 사람의 인생을 바꿀 수 있다는 수녀들의 말이 사실인 것 같아서 나는 그날 온종일 좋은 말을 쓰도록 노력했다. 딱 그날만.

그러고 보니 메모리얼 향수 가게에서 일한지도 벌써 4년이 되었다. 벌써 4년씩이나 조향사 일을 해왔다는 내 자신이 스스로 참 대견하다. 베리 베리 칭찬해.

참 많은 영혼을 만났고 그들의 남겨진 사람들과의 필연적 만남도 수도 없이 많았다.

그동안 내가 조향했던 수백 가지의 향들이 가끔 내 코끝에서 맴돌다 가는 것을 느낀다. 단순히 향수를 넘어서 한 인간

메모리얼 향수 가게

의 삶이 축약된 성스럽고 오묘한 그 향들이 내게 안부를 무를 때마다 왠지 몸과 마음이 경건해진다. 뜨겁게 살았던 그들의 삶을 향한 경의의 표시라고 해 두자. 배워서 그런 게 아니라 어느 순간 나도 모르게 그리 되었다는 믿기 힘든 사실을 덧붙이고 싶다.

딸랑~

나는 튕기듯 소파에서 일어섰다. 가게 안으로 들어선 고객 때문에 또 한 번 죽을 것 같았다. 그 애의 얼굴을 보는 순간 숨이 잘 쉬어지지 않았다. 어딘지 모르게 아련한 그리움이 나의 몸속에서 스멀스멀 기어 나왔다. 황당하게도 눈물이 또르르 흘러내렸다.

"오빠?"

그 애가 날 오빠라고 불렀지만 난 동생이 없기에, 나의 역사에 대해선 아는 게 눈곱만큼도 없으므로 난 대답하지 못했다. 대신 불길한 예감에 내 심장이 철렁 내려앉는 소리가 선명하게 메아리쳤다.

"맞구나. 보자마자 알겠어. 우린 이란성 쌍둥이잖아."

잠잠했던 가슴 속에 걷잡을 수 없는 잔인한 피바람이 불었다. 저 말이 사실이라면 나만 버린 게 되니까. 이건 내가 생각했던 시나리오 중 최악의 최악이다. 생각지도 못한 반전에 미칠 것처럼 화가 치솟았다. 세상에서 가장 못된 말로 쏴 죽이고 싶었다.

"개지랄하네. 누가 네 오빤데? 난 동생 없어. 향수 만들러 왔음 그만 까불고 걍 고객답게 굴지?"

"아냐, 맞아. 나랑 이렇게 닮은 사람이 세상에 또 있겠어?"

그 애가 확신할수록 난 더더욱 화가 치밀었다. 내 속의 화를 끄집어내어 내 동생이라 자칭하는 불청객을 태워 버리고 싶었다.

"맞아, 우린 남매야. 확실해. 엄마가 여기 오빠가 있다고 했는데 정말이었어."

엄마라는 속수무책인 그 말 앞에 나는 또 한 번 엎어졌다. 머리가 핑핑 돌았다.

"그럼, 난 버리고 너는 키웠네?"

"버린 게 아냐. 오빨 살리려고 그랬대."

"개소리!"

"도무지 오빨 키울 능력도 환경도 안 되니까 살라고 수녀원 앞에 데려다주었다고 그랬어."

"아무리 그래도 그렇지…어떻게 멋대로 낳아놓고 멋대로 버려! 내 인생의 출발점을 왜 제 멋대로 정해!"

"오빠, 엄마는 오빠 생각할 때마다 울고 잠도 잘 못 잤어. 죄책감에 시달리다 결국 병나 죽었어."

"…그럼, 아빠는?"

"아빠는… 아빠는 없어."

"왜 없어?"

"이건 나중에 알았는데 아빠가 누군지 모른대. 엄마가 어렸을 때 성폭행 당했대. 할머니, 할아버지가 죽어도 안 된다고 했는데, 엄마가 우겨서 열아홉에 우릴 낳은거래."

생각지도 못한 어퍼컷에 다리가 휘청했다. 언제나 궁금했던 나의 출생의 비밀은 생각이상으로 끔찍하고 폭력적이었다.

"뭐!"

"내가 상처받을까 봐 엄마는 말 안했는데, 할머니가 날 볼 때마다 화를 냈어. 왜 이유 없이 날 미워하는지 그땐 몰랐는데 내 존재 자체가 할머니한테 상처였나 봐. 나 땜에 엄마 인생이 망가졌다고 생각했겠지. 내가 초등학교 3학년 때였을 거야. 그날은 엄마 생일이었는데 할머니가 아침 밥상에서 콩을 골라내는 내 밥그릇을 뺏더니 다짜고짜 화를 내면서 막 울부짖었어. 태어나지 말았어야 할 애가 태어나서 제 엄마 인생 망쳤다고. 악담을 퍼붓는 할머니 입에서 내 출생의 비밀이 막 쏟아져 나오는데…. 진짜 죽고 싶었어. 그날 오빠가 없어서 참 다행이야. 오빠는 몸도 아팠으니까 아마 나보다 더 견디기 힘들었을 거야."

천장이 무너지고 땅이 위로 솟는 느낌을 받았다. 그 자리에

서있기가 너무 두려웠던 나는 도망치듯 방으로 내달렸다. 방금 전까지만 해도 세상을 불태울 기세로 치솟던 화가 별안간 절망과 비참함으로 노선을 변경했다.

존재 자체가 누군가에게 상처가 된다면 우린 대체 어디까지 불행해야 하며 어느 선까지 행복해도 되는 걸까? 불행으로 시작된 잉태의 순간을 신은 왜 허락한 걸까. 왜 엄마는 날, 아니 우릴 낳았을까. 뭣 때문에! 도대체 뭣 때문에 그런 엄청난 실수를 했을까.

내 존재 자체가 퇴색되는 순간이었다. 악착같이 이를 악물고 버텨냈던 지난 시간들이 보잘 것 없는 휴지 조각처럼 느껴졌다.

피부가 화상을 입은 것처럼 전신이 핏빛 분홍이었던 나는 아침 오일 통 목욕을 시작으로 하루에도 수십 번씩 보습제 한통을 처벅처벅 바르며 건조하게 일어나는 각질과 싸워야 했다. 보통 사람보다 광적인 속도로 빨리 자라나는 피부 때문에 각질이 과도하게 싸여, 마치 비늘 갑옷을 입고 있는 격이기에 열을 배출하기가 힘든걸 알면서도, 너무 뛰놀고 싶어서 한여름에 피구 좀 했다가 해열제를 먹어야 할 만큼 열이 오른 적도 있었다. 발꿈치가 쩍쩍 갈라지는 건조한 겨울이면 통증이 너무 심해 잘 걷지도 못해서 하루 종일 누워만 있었다.

보험적용도 안 되는 비싼 보습로션과 염증을 잡는 항생제

를 밥 먹듯이 바르고, 건선을 잠재우는 개 비싼 약을 먹어야
하는 몸의 고통도 고통이지만 이런 내가 너무도 끔찍해서 태
어나자마자 쓰레기처럼 버려졌다는 비참한 나의 출생의 역
사가 예고도 없이 사방에서 날아드는 주먹처럼 어떤 날은 명
치를, 어떤 날은 머리를 매몰차게 때릴 때면 정말 견디기 힘
들었다. 맨 정신으로 살 수 없던 날들이었다.

지하 깊숙한 곳으로 하염없이 추락하던 그때 동글동글하고
적당히 부드러운 손이 나를 꼭 붙들었다. 나는 그제야 철근
같은 고개를 슬쩍 들었다. 날 뒤따라 들어온 진 여사였다. 눈
이 마주치자 내 손을 더 힘주어 잡았다.

"조이플. 어떻게 네가 태어났든 넌 누구보다 소중한 존재
야. 넌 영혼과 교감하는 특별한 재능이 있잖아. 어디 그뿐이
야? 그 많은 사람들의 썩어빠진 그리움을 걷어내 주었잖아.
네가 태어나지 않았다면 지금의 네가 있겠어? 출생배경 따위
는 중요하지 않아. 사람은 죽는 순간이 더 중요하다는 거 너
도 잘 알잖아. 열심히 살다 '잘' 죽는 게 더 중요해. 넌 영혼들
과 날마다 교감하면서 그것도 몰라?"

왜 눈물이 나는 걸까. 그동안 꾹꾹 가둬두었던 원망과 그리
움이 눈물에 녹아 한꺼번에 방출된 것 같다. 눈물 콧물이 장
맛비처럼 흘러내렸다. 진 여사는 내 눈물은 물론 지저분한 콧
물까지 손등으로 쓱싹 닦아 주었다.

"더럽게."

부끄러워 고개를 돌리자 진 여사가 나를 둥글둥글한 품에 숨 막히도록 안아 주었다. 폭삭한 이불에 안긴 것처럼 따뜻하고 편안하고 뭔가 보호받는 느낌, 절벽 끄트머리에 아슬아슬 매달려 있는 나를 끌어올린 것 같은 깊은 안도감이 들었다.

기시감이 느껴지는 지금 이 기분을 되짚다 깨달았다. 이 품이 처음이 아니라는 걸. 김 라자로, 조 미카엘라, 최 소아데레사, 이 유스티나, 네 명의 엄마가 모두 똑같이 내게 품을 내 주었다는 걸. 그들의 하나같은 사랑과 희생이 지금의 나를 만들었다는 걸 나는 죽고 다시 살아나서도 몰랐다가, 여전히 고슴도치처럼 뾰족하게 굴다가, 마침내 돌고 돌아 이제야 깨달았다. 그래도 그건 그거고 아닌 건 아니다.

"개 짜증나. 머리로는 이해가 되는데… 그게 나니까 너무 억울해… 왜 하필 나야."

"알아. 이해하면 그게 더 이상하지. 억울해 해. 나라도 억울하고 화나겠다. 왜 하필 너냐고, 그치? 근데 이플아, 너니까 그만큼 견디고 여기까지 온 거야. 너 많이 씩씩하잖아. 나는 너보다 씩씩하고 용감한 16세를 본적이 없어. 아마 전 세계 16세 중에 조이플이 젤 씩씩할 걸?"

진 여사는 나를 보며 벙싯 웃었다. 전 세계 16세를 언제 다 만나봤다고? 구라는. 어이가 없는 그 말에도 무슨 힘이 있는

지 마를 것 같지 않던 눈물 콧물이 쏘옥 들어갔다. 기분도 한결 좋아졌다.

"잘됐다. 이참에 충분히 네 감정 쏟아내. 소리도 지르고 이불 킥도 하고, 오늘 하고 싶은 거 다해."

슬쩍 내 눈치를 보던 진 여사가 조금 차분해진 어투로 말했다.

"이플아 근데, 밖에 네 동생 저렇게 둘 거야? 참 외로워 보이는데?"

대나무 꼬챙이처럼 빼빼마른 이슬이 나도 적잖이 신경 쓰였다. 모른 척 하고 싶은데 온통 신경은 문밖에 동생이란 존재에게 쏠려있었다. 어찌 보면 죽은 엄마 곁에 살았던 그 아이가 내내 외로웠고, 내가 더 행복했는지도 몰랐다. 내 곁엔 언제나 안락한 품이 있었으니까. 낭떠러지 아래 안전그물처럼 든든한 그들의 품이 나를 지탱해 주었다는 걸 이제 조금이나마 알겠다.

나는 진 여사를 따라 동생에게로 나갔다.

창백한 양쪽 뺨에 눈물자국이 그대로 번져 있는 동생은 한 발자국 떨어져서 보니 훨씬 더 깡마르고 불쌍해 보였다. 향수 가게에 찾아오는 고객들의 평균보다 웃도는 악성 그리움에서 파생된 절망, 서글픔, 적막, 외로움… 온갖 나쁜 감정을 외투처럼 껴입고 머플러처럼 겹겹이 두르고 있었다. 경고등이 깜빡였다. 위험인물이다.

악성 그리움을 떼어 내지 않으면 언젠가는 생명의 불씨가 꺼져버릴 터였다. 그렇게 되는 것만은 막고 싶었다. 난 프로니까.

"엄마를 만나 볼래?"

내가 묻자 이슬이 반색하며 기도하듯 두 손을 꼭 맞잡았다.

"진짜?"

"어, 만나게 해 줄게. 혹시 엄마 물건 있어?"

잠깐 생각하던 동생은 머릿속에 불이 켜진 듯 크로스로 메고 있던 초록색 가방의 지퍼를 열어서 슬림한 립스틱을 꺼냈다. 뚜껑을 열고 돌리자 죽기 전 내 피부색을 닮은 핫핑크색이 나왔다. 한때 내가 죽도록 싫어했던 색을 바르고 다녔다니. 날 기억하려 의도한 것인지, 아님 그저 우연일지는 몰라도 기분이 이상야릇했다.

"엄마가 무척 아끼고 자주 바르던 립스틱이야. 차마 버릴 수가 없어서…."

그 립스틱을 바른 엄마라는 사람의 얼굴을 한 번도 본적이 없는 나로서는 아무런 감흥이 일지 않았다. 무엇보다 고귀한 이 순간만큼은 사적인 내 감정은 중요하지 않다. 난 이 세계를 건너 영혼의 세계로 들어가 의뢰인과 만나야 하니까. 사사로운 감정 자체를 꺼버린 난 여느 때처럼 내 뇌파와 연결된 안경을 끼고 의뢰인의 립스틱을 쥔 동생의 손을 맞잡았다.

　내 뒤로 대형 스크린이 내려오는 소리를 끝으로 나는 철두철미한 고요 속으로 발을 들였다. 빛 한 점 없는 칠흑 같은 암흑을 기점으로 소리 없이 팡팡 터지는 빛의 향연 속으로 과감하게 뛰어들었다. 빛과 같은 날렵함으로 길고 긴 빛의 터널을 통과하면 내 귀를 부드럽게 두드리는 영혼들의 리드미컬한 숨결이 느껴진다.

　저마다의 리듬이 있는 영혼의 숨결은 지구상에 존재하는 그 어떤 악기소리보다 아름답고 신비롭다. 우주에 별들이 사랑을 나누는 소리보다 더 위대하다. 들어 보지 않으면 모를 것이다. 감히 상상할 수도 없을 것이다. 발가락이 간질 간질거리고 내안의 모든 세포가 보글보글한 이 순간이 나를 얼마나 기쁘게 하는지. 난 이 일이 너무나 미치도록 좋다.

　온 마음을 다해 집중하다 보면 가장 또렷하게 심장을 울리는 숨결이 있다. 그 숨결의 주인이 바로 의뢰인이다. 바코드처럼 그 숨결을 내가 콕 찍으면 그 영혼에 관한 모든 정보가 밤하늘의 은하수처럼 차르륵 펼쳐진다.

　35세. 조선화. 위암으로 사망.
　날 낳은 사람의 이름을 내 뇌리에 새기며 입 밖으로 동시에 꺼냈다.

"조선화 영혼?"

"······."

뒤돌아선 영혼은 내 얼굴을 오래보는 자격증이라도 따는 것처럼 내 얼굴에 두 눈을 못 박았다. 한참 작은 팬티를 억지로 껴입었을 때처럼 찝찝하고 불편했다.

"너구나."

내가 수 만 번 생각했던 얼굴과 목소리와는 전혀 딴판이었다. 괴물 같은 날 낳은 사람이라 세상에서 가장 못생긴 물고기 블롭피쉬를 상상했는데 피부도 멀쩡하고 눈코입도 봐줄만했다. 상상 속의 인물과는 너무너무 달라서 날 낳은 엄마라고는 도무지 믿기지 않았다. 좀처럼 좁혀지지 않는 거리감 때문에 대화하기가 힘들었다.

나만 어색한가. 조선화 영혼의 표정은 초코가 말린 오리고기를 아껴 먹을 때처럼 티 없이 맑았다.

"천국의 골목에서 너 되게 유명해. 말 그대로 스타야, 슈퍼스타. 내 아들이 그 유명한 메모리얼 향수 가게 천재 조향사라니!"

"뭐래?"

나는 '내 아들'이라는 '문제성' 단어에 빡 돌아버렸다. 유명하고 슈퍼스타고 천재고 어쩌고 날 들뜨게 하는 수식어가 하나도 귀에 박히지 않았다. 십육 년 동안 나의 신경이 되고 뼈가 되고 살이 되어 나를 업어 키운 분노와 원망의 시발점이 되는 사람의 입에서 나오면 곤란한 그 말! 감히 수박씨 뱉듯 내뱉다니. 이렇게 화나고 불쾌한 적은 죽기 전에도, 죽었다 깨어나고서도 처음이다. 냉정을 유지하려해도 부아가 치밀어 자꾸 들이받고 싶었다.

"누가 아들인데요? 징그럽게 언제 봤다고 아들이래?"

예의라는 깔때기에 최대한 거르고 걸러 내뱉은 말이었다. 나는 명치에 강제로 가둬둔 울분을 삭히며 씩씩거렸다.

"널 살리기 위해서 그런 거였다. 그땐 내가 너무 어렸고 무서웠어. 넌 금방이라도 숨이 끊어질 것 같았고, 병원에서는 네가 얼마 못 산다고 겁을 줬어. 난… 어떻게 해야 할지 몰랐어. 널 버려서… 미안해… 아들아….."

"이보세요. 제에발! 아들이라는 소린 좀 하지 말죠!"

낳았다고 해서 모두 '진짜 엄마'가 되는 건 아니다. 날 낳았다고 해서 내가 무조건 그 사람의 아들이 되는 건 더더욱 아니다. 멋대로 낳고 멋대로 버리고 멋대로 아들?

부득부득 이를 갈며 따져 묻고 싶은데 망했다. 쪽팔리게 눈물이 흘러내렸다. 체면이 말이 아니다. 나는 재빨리 눈물을 닦고 콧방귀를 뀌었다.

"쳇. 그걸 변명이라고? 정말 개 싫다. 내가 그쪽 향수를 만들어줄 것 같아요? 그쪽 따님의 가슴에 멍이 들던 말던, 시름

시름 앓다가 어디 가서 확 죽어 버리든 내 알 바 아니니까 당장 가요. 도대체 무슨 자격으로 여기 온 거야? 자식 버린 사람이 메모리얼 향수 가게에 뭔 수로 입장했대?"

"그건, 순전히 네 덕분에 가능했어. 네 상처의 근원은 나니까. 널 치유하는 게 내가 여기 입장권을 받은 명분이야. 미안하다. 이런 식으로 널 만나고 싶진 않았는데… 내가 널 볼 면목이 없구나."

"면목 없으면서 왜 왔대? 걍 끝까지 생까지."

"보고 싶어서. 이플아, 네가 너무 보고 싶어서 왔어. 난 널 한시도 잊은 적 없어."

똘똘한 주먹에 한방 얻어맞은 것처럼 아무 생각도 할 수 없었다. 나는 알고 있었다. 내 원망과 분노의 단단한 껍데기 속에 날 버린 저 사람을 향한 억겁의 그리움이 역병처럼 도사리고 있다는 걸 말이다. 병적인 그리움에 잠식당하는 것이 두려워 더 크게 원망하고 분노했음을 나는 잘 알았다. 매순간 미워하는 동시에 매순간을 나도 그리워했으니까. 잊은 적 없으니까.

"처음엔 나도 많이 망설였어. 그렇지만 널 위해서 용기를 내기로 했어. 네게 직접 용서를 빌고 싶었거든. 그래야 너도 나도 제대로 살아 볼 수 있지 않겠니? 난 비록 죽었지만 아직 살 날이 많은 널 위해서 내가 마지막으로 할 수 있는 건 이것뿐이었단다. 그러니 널 위해서 날 용서해 주겠니?"

"뭐래! 잘못하고 용서하면 다 끝인가? 뭐가 그렇게 쉬워? 난 지금껏 고통 받고 힘들었는데… 내가 어떻게 살았는데… 당신은 고작 죽고 나서 찾아온 거네. 억울해."

비강에 콧물이 그득 차서 나는 폼 안 나게 찌질이처럼 자꾸 훌쩍거렸다. 계속해서 눈이 빨갛던 조선화 씨는 아까부터 울상이더니 결국 울고 난리다. 이슬이도 울고 진 여사까지 합세하여 눈물을 펑펑 쏟고 있다. 나도 따라 울까 봐 나는 서둘러 조선화 씨와 조이슬을 재회시켰다.

낡은 피아노가 한 대 놓인 공간이었다. 어두침침한 공간을 밝히기 위해 나는 커튼을 열고 햇살이 조명처럼 피아노를 비추게 했다.

이슬은 피아노 옆에, 조선화 씨는 피아노 건반 위에 기다란 손가락을 얹은채 앉아 있었다. 내가 놀란 건 10초 후였다. 조선화 씨는 슈베르트의 피아노 소나타 20번 2악장을 연주하기 시작했다. 이럴 수가… 피아노를 굉장히 잘 쳤다. 그냥 좀 치는 정도가 아니라 완벽한 연주였다. 매혹적인 선율에서 그리움이 눈물방울처럼 뚝뚝 떨어졌다. 내가 왜 피아노연주곡을 맹목적으로 좋아했는지 어렴풋이 알 것 같았다.

날 낳은 조선화 씨는 피아니스트가 꿈이었다.

반짝반짝 빛나는 별과 같은 그 꿈의 끈을 냉혹하게 잘라버린 건 결국 동생과 나, 우리였다. 나는 그토록 궁금했던 나의 출생배경을 찾아 조선화 영혼의 일생을 펼쳐서 내가 잉태되던 순간에서 멈췄다.

친구의 열여덟 번째 생일파티에서 주량도 모르고 주는 대로 술을 마셨던 그녀는 정신을 잃었고, 눈을 떴을 땐 하의가 벗겨진 채로 어느 모텔 바닥에 널브러져 있었다. 아래와 허벅지가 쑤신 듯이 아팠고 허벅지를 비롯한 바닥에 말라붙은 피가 묻어있는 걸 보고 그녀는 나쁜 일이 일어났음을 짐작할 수 있었다.

그날의 일을 대수롭지 않게 넘겨버리고 꿈을 향해 전진하고 싶었으나 덜컥 생리가 끊겼다. 잘못 먹은 것도 없는데 속이 울렁거리고 밥 냄새는 물론 자다가도 환장하던 라면과 라볶기 냄새도 끔찍했다. 그녀의 자궁에 또 다른 생명체가 자라고 있음을 약국에서 구입한 임신 테스기를 통해 확신하게 되었다.

선명한 진분홍빛 직선의 두 줄이 세상 무엇보다 두려웠고 무서웠다. 처음에는 혼날까 봐 숨겼고, 나중에는 아이를 낳고 싶어 점점 불러오는 배를 복대로 꽁꽁 숨겼다. 그리하여 힘겹게 탄생한 아이는 쌍둥이였는데 하필이면 그중 하나인 내가 백만 명 중에 한명이 걸린다는 희귀병을 안고 태어난 것이다.

메모리얼 향수 가게

징그러운 파충류처럼 태어난 나를 받아 안은 그녀와 조부모의 반응은 내가 짐작한 대로였다.

그날 분만실을 장악한 절망의 어둑한 냄새는 사람 열둘은 자살시킬 수 있을 만큼 지독했다. 그 후 그렇게 나는 저체온 증을 방지하기 위해 조선화 씨가 눈물을 삼키며 구입한 택배 박스에 넣어 버려졌다….

감정이 흐트러지려 해서 나는 다시 정신을 차리고 기를 모았다.

이슬과 조선화 씨가 재회하는 모습을 보면서 나는 향수 만들 준비해 돌입했다.

"이슬아, 엄마는 이제야 홀가분해졌어. 미안하다, 딸. 이플이를 향한 죄책감 때문에 우리 딸이 아프다는 걸 엄마가 생각을 못했어. 엄마는 여러모로 참 형편없는 빵점자리 엄만가 봐. 결국엔 죽어서 깨달았잖아. 살아있을 때 알았더라면 얼마나 좋았을까. 그랬다면 우리 딸이 좀 더 밝고 행복하게 자랄 수 있었을 텐데…."

"엄마, 난 괜찮아. 엄마를 챙겨 줄 수 있어서 나 정말 행복했어. 그리고 엄마가 내 옆에 있었잖아. 그니까 진짜 괜찮아. 엄마가 내 옆에서 숨 쉬는 것만으로도 난 좋았어. 엄마가 날 위해 가끔 피아노를 쳐줄 때면 너무 행복했거든, 지금처럼."

서서히 조선화 일생의 퍼퓸스톤들이 크고 작은 입자가 되어 부유하듯 떠다니기 시작했다. 나는 손바닥을 펼친 다음 향수의 재료가 될 퍼퓸스톤을 끌어당기기 위해 준비했다. 무엇보다 우선 고객 조이슬의 악질 그리움을 뽑아 내는 것에 중점을 두었다.

영혼과 교감하는 순간 조이슬의 몸에서 모든 그리움들이 뿜어져 나올 때, 그중 악성 그리움들만 태워 연기로 흩어지게 하는 것이다. 악성은 성질이 차갑고 그 향이 고약하기 때문에 비교적 찾기가 쉽다. 제대로 정신을 집중만 한다면 문제없이 분류할 수 있다. 그렇게 악질 그리움이 어느 정도 사라지고 나면 나는 영혼의 향수재료를 본격적으로 채집한다.

탑노트가 될 만한 조선화의 유년기 퍼퓸스톤들을 긁어모으다가 나를 낳은 후 아니, 버린 후부터의 삶을 훑던 나는 그녀를 죽도록 미워하며 살았던 지난 시간들이 무색해짐을 느꼈다. 나를 버린 그날부로 그녀의 삶에서 기쁨과 행복의 향기를 맡을 수 없었기 때문이다. 그녀는 철저하게 슬퍼했고 불행했으며 스스로를 절망 속에 단단히 가두었다. 그리고 내 피부색을 닮은 분홍 립스틱을 사서 바르고 울었다.

멀리서나마 내가 내뿜는 저주와 원망을 무럭무럭 먹고 자란 피해자처럼 그녀는 곁에 있는 딸조차도 불행하게 만들었다.

나는 조향사가 된 이래 처음으로 향수 만드는 걸 멈추었다.

메모리얼 향수 가게

정신이 흐트러지고 아주 날카로운 바늘이 내 뼛속을 뚫고 들어오는 극심한 통증을 느꼈다. 마음이 아프다 못해 숨을 쉴 수가 없었다.

애써 모은 조선화의 퍼퓸스톤들이 물방울 터지듯 톡톡 터져 사라지고 있었다. 실패했음을 깨끗이 인정하고 향수 조향을 그만두려는데, 흐릿한 유령처럼 서성이는 슬픈 그림자가 내 머릿속에서 울렁이는 것을 보았다.

온통 슬픔에 쩐 그림자를 자세히 들여다보던 나는 나와 똑닮은 진갈색 눈동자를 마주보았다. 내 동생 조이슬이었다. 언제나 아이였지만 마음이 아픈 엄마의 보호자역할을 해야 했던 불쌍한 아이.

나는 가여운 그 아이를 위해서 원료 채집을 다시 시작했다. 그래야 연약한 저 아이의 상처와 그리움이 치유될 테니까. 그것이 메모리얼 향수 가게 조향사로서 또 오빠로서 내가 해야 하는 일임을 아니까.

나는 다시 기를 모으고 손바닥을 펼쳤다. 조선화 영혼과의 교감을 더 긴밀하게 시작하자 조선화 영혼의 퍼퓸스톤들이 활발하게 생성되기 시작했다. 그녀의 향이 내 전신으로 퍼져 들었다. 수천수만의 냄새가 거미줄처럼 어지럽게 뒤엉켜있지만 제각각 온전히 독자적인 냄새로 존재했다. 나는 그중 탑노트, 소울노트, 라스트노트가 될 냄새를 영적인 감각에 의지해 터치한다.

탑노트 코를 대는 순간 조선화를 떠올릴 그녀의 채취와 88개의 피아노 건반 위를 활보하던 88가지의 푸릇한 꿈의 향. 조선화가 즐겨 바르던 분홍색 립스틱의 화학적인 향.

소울노트 조선화가 첫 태동을 느꼈던 그날, 신비로운 감정의 소용돌이 안에서 피어오른 진하고 희미한 모든 향 + 학교 갔다 돌아온 이슬이 "엄마"라고 부르면 "엄마 여기 있어."라는 대답을 들었을 때 이슬의 가슴에 꿈처럼 밀려든 안도감과 행복함을 떠올릴 향.

라스트노트 이슬과 함께 정성들여 싼 김밥을 가지고 마지막 소풍을 갔던 그날의 햇살을 비롯한 바람과 먼지 냄새, 엄마가 눈감기 전 엄마의 품에 얼굴을 묻었을 때 나던 희미한 소독 냄새, 사랑한다는 말의 농축된 에너지 + 포옹 시 발생하는 옥시토신 다량.

죽은 엄마의 향수는 아이러니하게도 죽기 전 내 피부색을 쏙 빼닮은 분홍을 띠고 있었다. 사랑스러운 분홍이 아닌 붉은 기가 감도는 불안한 분홍. 그리고 신기하게도 그들과 교감을 나눈 나또한 치유가 된 것 같았다. 내 안에 끝도 없이 쌓여있던 분노와 원망 그리고 멍울진 그리움까지 사라진 걸 느꼈다.

불멸의 결박이 풀리고 십육 년 묵은 체기마저 시원스레 내려간 듯 했다.

나는 이슬에게 죽은 엄마의 향수를 건네 주었다. 그것을 받아 안은 이슬은 내게 고맙다는 말을 했다. 그리고 만나서 기뻤다고 쓸쓸히 말했다. 돌아서는 가녀린 그 어깨를 보는 내 가슴이 고장 난 것처럼 삐걱거렸다. 진 여사가 내 눈치를 보다가 얼른 이슬에게 다가가 그 아일 안아 주었다. 내게 그랬던 것처럼.

"언제든 힘들면 찾아 와. 이젠 오빠가 있잖아. 그치 이플아?"

진 여사가 가늘게 눈을 뜨고 멀뚱히 선 나를 흘겨보았다. 저건 군소리 말고 좋다고 빨리 대답하라는 뜻이다.

"어, 그래."

"들었지? 여기 오고 싶으면 언제든 와. 넌 이플이 동생이니까 아줌마 딸이기도 해. 이플인 내 아들이거든. 자, 받아."

진 여사는 언제든 우리를 만날 수 있는 '웰컴향수'를 선물했다. 내가 만든 향수인데 저 향술 뿌리면 그걸 신호로 어디든 우리가 찾아가는 시스템이다. 웬만해선 내 주지 않는 귀한 아이템이다.

이슬은 진 여사가 건넨 귀하디귀한 그 향수를 초록색 크로스 가방에 소중히 집어넣었다.

이슬이 돌아간 뒤 나는 한동안 창밖만 바라보며 멍때렸다. 헤드폰을 쓰고 피아노연주곡을 들으면서 아까 88개의 피아노 건반 위에서 슬픔을 토하던 죽은 엄마를 하릴없이 떠올렸다. 나를 버렸던 사람이 나만큼이나 고통스럽게 살아왔다는 사실에 조금이나마 위안을 받았다면 내가 너무 못돼먹은 건가. 너무 허무하게 나를 떠난 나의 원망과 묵은 그리움에게 작별을 고하면서 나는 시원섭섭함을 느꼈다. 더 이상 미워할 사람이 없다는 것이 오히려 허전한 기분이 들었다.

"깨끗하고 소박한 감사함이었어, 널 가졌을 때. 그래서 네 이름을 조이플이라고 지었어…. 그랬는데 널 아프게 낳고… 아프게 버려서… 엄마가 너무 미안해. 사랑한다, 이플아."

향수 조향을 끝내고 환상으로 흩어지던 그녀가 내게 마지막으로 남긴 말이었다. 나는 그 말을 애써 못 들은 척 했지만 결국엔 가슴으로 들었나보다. 토씨 하나 틀리지 않고 이토록 잊히지 않는가보면.

진 여사가 다가오는 소리가 들린다.

"오늘 고생했어. 저녁에 뭐 맛있는 거 먹을까?"

"아무거나."

"오랜만에 외식할까?"

"글쎄."

"그럼 나가지 말고 지붕열고 바비큐파티 할까?"

메모리얼 향수 가게

"그러든지."

"아니다. 밖에서 먹고 노래방가자. 인생 네 컷도 찍고. 게임 아이템도 하나 사. 상품권 줄게."

"나 괜찮아."

"안 괜찮은 거 아는데 뭐가 괜찮아?"

"잠깐 이러다 말거야. 그냥 공허해서 그래."

"네가 그러고 있으니까 물도 안 넘어가."

나는 그새 핼쑥해진 진 여사의 얼굴을 유심히 바라보았다. 눈이 떼꾼하고 피부가 푸석푸석했다. 새하얗게 센 백발이 오늘따라 더 늙어보였다. 폭신한 저 품에 안겼을 때 나는 더 이상 다른 품에 안기기 싫다는 생각을 했다.

수녀엄마보다 고운 말도 덜하고 머리카락도 백발이라 얼핏 보면 할머니 같기도 하지만 그래도 난 진 여사가 좋다. 가끔 화낼 때는 고약한 메두사 같기도 하지만 불같이 버럭 성질내고는 기억상실증에 걸린 사람처럼 돌아서면 깔깔 웃으며 맛있는 걸 입에 넣어주는 진 여사가 내가 그토록 바라던 '진짜 엄마'가 되어줄 수 있을 것 같다.

내 걱정으로 하루 만에 이렇게 폭삭 늙은 엄마가 나는 좋다. 어? 느닷없이 행복한 감정이 몽글몽글 생겨나기 시작했다. 아주 어여쁜 분홍빛 감정이다. 내가 끌어안고 있던 불온한 분홍이 아니라.

"이플아, 너한테서 진짜 좋은 향이 나. 정말 너무너무 아름다운 향. 세상에. 뭔가 치유된 느낌이야. 좀 전까지 엄청 우울했는데 신기하네."

"진짜?"

"진짜라니까. 원더플 조이플!"

"히히. 기분 째지는데. 이슬이 다시 만나고 싶어, 내 동생. 다시 만나면 잘 해 줄 거야."

"오빠 노릇 제대로 하겠다 이거네. 좋았으. 지금 만나고 올래?"

"있잖아… 엄마… 랑 같이 가고 싶어."

엄마는 감동이란 커다란 알사탕을 삼킨 행복에 젖은 얼굴로 나를 바라보았다. 내가 부끄러워 배시시 웃자 엄마도 살며시 웃었다.

"그래, 엄마랑 같이 가자, 아들."

우리 둘을 숨죽이며 구경하던 초코와 우유가 다가와 세차게 꼬리를 흔들었다. 나만 모르는 셋만의 대화를 주고받던 그들은 한꺼번에 포옹하듯 내게 달려들었다.

지금부터 차곡차곡 쌓일 우리 넷의 퍼퓸스톤들이 벌써부터 알콩달콩한 그 향기를 뿜뿜 내뿜었다. 조금은 독특하고 단란한 가족이란 이름으로 기억될 향이라는 걸 나는 안다.

난 메모리얼 향수 가게의 조향사니까.

모든 그리움이 모이는 곳

메모리얼 향수 가게

초판 1쇄 발행 2023년 12월 22일
초판 2쇄 발행 2024년 1월 30일

지은이 진설라
펴낸이 박세현
펴낸곳 서랍의 날씨

기획 편집 김상희 곽병완
디자인 김민주
마케팅 전창열
SNS 홍보 신현아

주소 (우)14557 경기도 부천시 조마루로 385번길 92 부천테크노밸리유1센터 1110호
전화 070-8821-4312 | **팩스** 02-6008-4318
이메일 fandombooks@naver.com
블로그 http://blog.naver.com/fandombooks

출판등록 2009년 7월 9일(제386-251002009000081호)

ISBN 979-11-6169-276-0 (03810)

서랍의날씨는 팬덤북스의 가정/육아, 문학/에세이 브랜드입니다.